纯美儿童文学读本

给孩子的阅读计划

三个惹祸的汉字

曹文轩 主编

北京理工大学出版社

版权专有　侵权必究

图书在版编目（CIP）数据

三个惹祸的汉字 / 曹文轩主编 . — 北京：北京理工大学出版社，2018.7
　ISBN 978－7－5682－5586－8

　Ⅰ . ①三… Ⅱ . ①曹… Ⅲ . ①儿童文学－作品综合集－世界 Ⅳ . ① I18

中国版本图书馆 CIP 数据核字（2018）第 077997 号

出版发行 / 北京理工大学出版社有限责任公司
社　　址 / 北京市海淀区中关村南大街 5 号
邮　　编 /100081
电　　话 /（010）68914775（总编室）
　　　　　（010）82562903（教材售后服务热线）
　　　　　（010）68948351（其他图书服务热线）
网　　址 /http: //www.bitpress.com.cn
经　　销 / 全国各地新华书店
印　　刷 / 北京顶佳世纪印刷有限公司
开　　本 /880 毫米 ×1230 毫米　1/32
印　　张 /5.5　　　　　　　　　　　　　　责任编辑 / 刘永兵
字　　数 /60 千字　　　　　　　　　　　　 策划编辑 / 张艳茹
版　　次 /2018 年 7 月第 1 版　2018 年 7 月第 1 次印刷　责任校对 / 周瑞红
定　　价 /32.80 元　　　　　　　　　　　　责任印刷 / 边心超

图书出现印装质量问题，请拨打售后服务热线，本社负责调换

在国际安徒生奖颁奖典礼上

对于那些出类拔萃的孩子而言,读书是他们的一个日常行为。

——曹文轩

序

——曹文轩

这是一套品质上乘的读本。选者是在反复斟酌、比较之后,才从大量的作品中挑选出这些作品的。无论长短,无论体裁,一篇是一篇,篇篇都是经典或具有经典性的作品。这些作品有正当的道义观,有很高的审美价值,字里行间充满悲悯情怀。在写作上也很有说道之处。当下用于学生阅读的选本很多,但讲究的、能看出选者独特眼光的并不多。这套读本的问世,将给成千上万的读者提供值得他们花费宝贵时间的美妙文字。

我一直在问:语文的课堂到底有多大?

我也一直在回答:语文课堂要多大有多大。

一个学生如果以为一本语文课本就是语文学习的全部,那么他要学好语文基本是不可能的,语文课本只是他语文学习的

序

一部分，甚至可以说是很有限的一部分。他必须将大量时间用在课外阅读上。语文学科就是这样一门学科：对它的学习，语文课堂并非是唯一空间。而其他的学科——比如数学，也许只在课堂上就可以完成学习任务了。语文的功夫主要是在堂外做的。同样，对于一个语文老师而言，他要教好语文，如果只是将精力全部投放在一本语文教材上，以为这就是语文教学的全部，他也是很难教好语文的。语文是一座山头，要攻克这座山头的力量来自其他周围的山头——那些山头屯兵百万，一旦被调动，必将攻无不克、战无不胜。我去各地的学校给老师和孩子们做讲座时，多次发现，那些语文学得好的孩子，往往都有一个很好的语文老师，而这些语文老师的教学方法有一共同之处，这就是让学生广泛阅读优质的课外读物。我甚至发现一些很有想法的老师采取了一个不免有点极端的做法：将语文课本一口气讲完，将后面本属于语文课的时间全部交给学生，让他们进行课外阅读。在他们看来，对语文知识和神髓的领会，是在有了较为丰富的课外阅读之后，才能发生；一册或几册语文课本，是无法帮助学生形成语感的，也是无法进入语文文本的深处，然后窥其无限风景的；解读语文文本的力量，语文文本本身也许并不能提供。

序

因此，无论是对学生而言，还是对老师而言，都需要拿出足够的时间用于阅读《纯美儿童文学读本》这样的书。这种阅读很值得。

这套读本将文本的审美价值看得十分重要，冠之"纯美"二字，自有它的道理。审美教育始终是中国中小学教育的短板。而学校是培养人——完人的地方。完人，即完善的人，完美的人，完整的人。而完人的塑造，一定是多维度的。其中，审美教育当是重要的维度之一。当下中国出现的种种令人不满意的景观，可能都与审美教育的短板有关。在我们还没有找到一个恰当的、行之有效的方法之前，让学生阅读那些具有审美价值的作品，也许是一个不错的选择。

美的力量绝不亚于知识的力量、思想的力量，这是我几十年坚持的观念。我经常拿《战争与和平》中的一个场面说事：安德烈公爵受伤躺在了战场上，当时的心情四个字可以概括——万念俱灰，因为他的国家被拿破仑的法国占领了，他的理想、爱情，一切都破灭了，现在又受伤躺在了战场上，现在就只剩下了一个念头：死！那么是什么力量拯救了他，让他又有了活下去的欲望和勇气？不是国家的概念、民族的概念，更不是政治制度的概念（沙皇俄国政治制度极其腐朽），而是俄罗斯的天空、森林、草原和河流，即庄子所说的天地之大美，是美的力量让他挺立了起来。

因此，美文是我们这套选本最为青睐的。

为了让这套书能有助于培养学生的人格品质和提升语文学习能力，特地邀请了一些特级语文老师和一些著名阅读推广人参加了这项工作。他们不仅不辞辛劳地从浩如烟海的作品中"打捞"优秀文本，还对作品进行了赏析和导读。因为他们从事的职业是语文教育，他们对文本的解读，与一般评论家的评论相比，有着很大的区别。他们的关注点往往都与语文有关，在分析和评论这些文本时，"语文"二字是一刻也不会忘记的。他们有他们的解读方式，他们有他们进入文本的途径，而这一切，也许更适合指导学生阅读，更有利于学生的语文学习。

这套书的生命力，是由这套书所选的文本的生命力决定了的。这些文本无疑都是常青文本。

曹文轩

2018年1月17日于北京大学

目 录

一、原来如此的故事
大象的鼻子为什么那样长　（英）吉卜林／著　　| 002
乌鸦为什么是黑的　民间童话　　| 015
兔子为什么成了豁嘴唇儿　民间童话　　| 017
马是怎么没有犄角的　民间童话　　| 021

二、书
书　朱湘／著　　| 026
没有一艘船能像一本书　（美）狄金森／著　　| 031
书　（波斯）纳赛尔·霍斯鲁／著　　| 033
阅读是一种宗教　曹文轩／著　　| 036
两本书　（苏格兰）阿兰·兰姆赛／著　　| 041

三、麻雀
麻雀　（俄）屠格涅夫／著　　| 046
麻雀的"气象台"　（苏联）马·兹韦列夫／著　　| 049
麻雀排队　金江／著　　| 052
小麻雀之死　金波／著　　| 055

四、聆听时间的脚步

岁月的目光　赵丽宏 / 著　　　　　| 060

匆匆　朱自清 / 著　　　　　　　　| 064

痕迹　郑敏 / 著　　　　　　　　　| 067

五、寒冷的味道

冬天之美　（法）乔治桑 / 著　　　| 070

霜的工作　叶圣陶 / 著　　　　　　| 073

顽皮的冬天　薛卫民 / 著　　　　　| 076

六、作家少年时

词典的故事　阿来 / 著　　　　　　| 080

妹妹　刘庆邦 / 著　　　　　　　　| 086

七、幸福在哪里

乞丐和幸福　阿拉伯童话　　　　　| 094

阿南德的幸福　蒙古童话　　　　　| 097

幸福人的衬衣　（意）卡尔维诺 / 著　| 105

八、稻草人的故事

稻草人　叶圣陶 / 著　　　　　　　　　| 110

稻草人　高凯 / 著　　　　　　　　　　| 121

麻雀与稻草人　孙以苍 / 著　　　　　　| 124

九、有故事的雕塑

雕像　（黎）纪伯伦 / 著　　　　　　　| 128

快乐王子　（英）王尔德 / 著　　　　　| 130

偶像的话　艾青 / 著　　　　　　　　　| 143

十、神奇的字

三个惹祸的汉字　汤素兰 / 著　　　　　| 146

我捕捉古老又年轻的文字　金波 / 著　　| 153

不学写字有坏处　方素珍 / 著　　　　　| 156

羔　李德民 / 著　　　　　　　　　　　| 158

原来如此的故事

只要你有足够的好奇心,对于我们所生活的世界,你准会有问不完的问题。比如:大象的鼻子为什么那样长?乌鸦为什么是黑的?兔子为什么成了豁嘴唇儿?马是怎么没有犄角的?你想要知道这些问题的答案吗?那么,就请往下看吧!

大象的鼻子为什么那样长

(英)吉卜林 / 著

袁 勇 / 译

导读：

　　大象的鼻子为什么那样长呢？这看上去是一个有趣的科学问题。1907 年的诺贝尔文学奖得主、英国作家吉卜林，对这个问题做过有趣的解答。请你快来看一看，他提供的答案有没有道理呢？

　　亲爱的小朋友，在很久很久以前，大象是没有那条长鼻子的。

　　那时候，它们的鼻子黑不溜秋，鼓鼓囊囊，只有一只靴子那么长。它们的鼻子只能扭来扭去，左右晃动，却没法儿从地上捡起东西。

　　可有一头象——一头新象，也就是一头小象孩儿——它非常非常好奇，老是爱没完没了地问问题。它住在非洲，因此它的好奇心也充满了整个非洲。

　　它问高个子鸵鸟阿姨，为什么鸵鸟的尾巴羽毛长成秃不拉叽的。结果，鸵鸟阿姨用那结实的爪子狠狠地揍了它的屁股。

它问大个头儿长颈鹿叔叔，为什么长颈鹿的身上有那么多黑不溜秋的斑点。结果，长颈鹿叔叔用坚硬的蹄子踢了它的屁股。

但它还是非常非常好奇！它问大块头的河马婶婶，为什么河马的眼睛是红不棱登的。大块头的河马婶婶用大块头的蹄子揍了它的屁股。

它又问浑身毛烘烘的狒狒伯伯，为什么西瓜的味道是甜的。狒狒伯伯用毛烘烘的手掌揍了它的屁股。

可即使这样，它还是要没完没了地问问题！只要是它看到的、听到的、闻到的、摸到的、感觉到的东西，它总要问个为什么。

唉，几乎所有的叔叔伯伯婶婶阿姨，都用揍它的屁股来回答了它的提问，可它还是非常非常好奇。

在一个不同寻常的早晨，这头永远充满了好奇心的小象，问了一个它从来没问过的新问题。它问："鳄鱼的午餐吃什么呢？"这可是一个莫名其妙的新问题。

这个问题把所有的大象吓了一跳。大伙儿一起用粗嗓门对它嚷道："住口！"

而且，大伙儿话音刚落，就噼里啪啦不停气儿地在它的屁股上揍了一阵子。

没过多久，刚挨过揍的小象跑到一片长有钩刺的灌木丛边，对一只住在灌木丛里的哭了又哭鸟说道：

"唉，只因为我非常非常好奇，我爸爸打了我的屁股，我妈妈打了我的屁股，我所有的叔叔伯伯婶婶阿姨都打了我的屁股，可是，我还是想知道鳄鱼的午餐吃什么！"

哭了哭了鸟听完小象的话，难过地对它说：

"你还是到宽宽的、灰灰的、绿绿的、油油的、长满蓝桉树的大粼波波河的岸边去打听吧。"

第二天一大早，这头非常非常好奇的小象，带着一百磅重的那种又短又红的红香蕉、一百磅重的又长又紫的紫甘蔗和十七个又绿又脆的大西瓜，就准备出发了。

它对大伙儿说："再见了！我要到宽宽的、灰灰的、绿绿的、油油的、长满蓝桉树的大粼波波河的岸边去，去看看鳄鱼的午餐到底吃什么。"

为了让它顺顺利利的，大伙儿又在它的屁股上揍了一顿。虽然它很有礼貌地求它们住手，它们还是揍了它很久很久。

小象还是出发了，它很兴奋，但并未兴奋得过头儿。小象从格拉汉姆走到金伯利，从金伯利走到坎玛，又从坎玛出发，奔往东北的方向。

它一边走，一边吃着西瓜，还把西瓜皮到处乱扔，因为它压根儿就没办法把那些瓜皮捡起来。

它走啊走啊，走过了非洲的很多地方，而且边走边吃着西瓜。最后，它终于来到了那条宽宽的、灰灰的、绿绿的、油油的、长满蓝桉树的大粼波波河的岸边。

啊，不错！这儿的一切，和哭了哭了鸟说的没有两样。

现在，亲爱的小朋友，我可要告诉你，就在这头小象到达这儿的那一个星期、那一天、那一小时、那一分钟之前，这小家伙儿还从来没见过鳄鱼呢。当然,它也就不知道鳄鱼究竟长什么样儿。

越是这样,它反倒越觉得好奇。它兴奋地把眼睛瞪得大大的。

在大邋波波河边,小象遇到的第一位朋友,是一条盘绕在岩石上的花斑大蟒蛇。

"对不起,打扰了,"小象很有礼貌地说,"请问在这乱七八糟的地方,您看见过鳄鱼那样的东西吗?"

"嗯?你问我有没有见过鳄鱼?"花斑大蟒蛇想要逗逗这个小家伙儿,就问它,"你接下来还准备问我别的什么问题呢?"

"抱歉,"小象还是一副很有礼貌的样子,问那条花斑大蟒蛇,"您能告诉我鳄鱼午餐吃什么吗?"

花斑大蟒蛇并不答话,而是迅速地从岩石上伸展开身子,用它那长满了鳞片的、像鞭子一样的尾巴,狠狠地抽打了这头小象孩儿的屁股。

"唉,真奇怪!"小象忍着疼痛说,"爸爸妈妈、叔叔婶婶、伯伯阿姨,都因为我爱问问题而揍我的屁股。唉,我看这回也是一样。"

说完,小象彬彬有礼地向花斑大蟒蛇告别,并帮助花斑大蟒蛇把身子重新在那块岩石上盘好,才继续沿着大邋波波河向前走去。

小象一路上很兴奋,但并未兴奋得过头儿。它一个接一个地吃着西瓜,还把西瓜皮到处乱扔,因为它压根儿就没办法把那些瓜皮捡起来。

最后,小象觉得自己踩在了宽宽的、灰灰的、绿绿的、油油的、长满蓝桉树的大邾波波河岸边的一根破破烂烂的圆木头上,它才停下来。

啊,亲爱的小朋友,那可不是一根破破烂烂的圆木头,而是一条真正的鳄鱼。那鳄鱼把一只眼睛眨了眨——你们看,就是这么眨的!

"对不起,打扰了,"小象很有礼貌地问,"在这乱糟糟的河岸边,您见到过鳄鱼吗?"

鳄鱼又眨了眨另一只眼睛,从污泥里翘起尾巴。

小象看见了,连忙往后退,它可不想屁股上再挨一顿揍。

"靠近点儿呀,小家伙儿,"鳄鱼用尽可能温和的语气说,可样子却变得更难看,"你干吗要——问这件事情呢?"

"抱歉,"小象还是彬彬有礼地说,"我可不能离你太近,因为我爱问问题,爸爸和妈妈都打我的屁股,更不用说高个子鸵鸟阿姨、大个头儿长颈鹿叔叔,它们比我爸爸妈妈揍得还疼。大块头的河马婶婶和浑身毛烘烘的狒狒伯伯也揍我。甚至河岸上的花斑大蟒蛇,也用它那鞭子一样的尾巴揍我的屁股。它们一个比一个揍得凶。所以,要是你也想像它们那样的话,我可不愿意离你太近。"

"过来吧,小家伙儿,"鳄鱼说,"因为我就是你要找的鳄鱼。"

鳄鱼为了证明自己说的是真话,一边说着,一边竟然流下了几滴眼泪。

小象一听,不由得心口怦怦跳起来,呼吸也变得急促了。

它激动地跪在河岸边，喘着气说道："啊，啊，啊……原来，你，你就是我这些天一直在找的鳄鱼呀！那么，你愿意告诉我，你午餐吃什么东西吗？"

"啊，可爱的小家伙儿，靠近点儿呀，让我悄悄地告诉你。"鳄鱼故意装出很温和的样子说道，却显得很难看。

小象把头低下去，慢慢凑近鳄鱼那散发着一股怪味儿的、长满尖利牙齿的嘴巴。

说时迟，那时快，只见鳄鱼一口就咬住了小象的鼻子。小朋友，你也知道，直到那一个星期、那一天、那一个小时、那一分钟，小象的鼻子才只有一只小靴子那么长。

"嘿嘿嘿嘿……"鳄鱼咬着小象的鼻子，从牙缝里发出可怕的笑声，它恶狠狠地说，"嘿嘿，我想，我今天就要可以吃到小象啦。"

小象一听可气坏了。他哼哼着鼻子，气冲冲地嚷道："嗯——嗯——嗯——快放开我！疼死我了！"

这时，那条花斑大蟒蛇从岩石上爬下来，扭动着身子爬到河边，对小象大声喊道："喂，小家伙儿！要是你不赶快使出吃奶的力气往外拉，我看你那位穿大号皮外套的新朋友，就要把你拖到河流中间清澈的深水里去啦！"

花斑大蟒蛇说的"穿大号皮外套的新朋友"，指的就是鳄鱼。花斑大蟒蛇总是喜欢用这样的方式说话。

小象连忙蹲下身子，使劲儿想要往岸上退。

它使劲儿拽着自己的鼻子，拉呀，拉呀，拉呀，它的鼻子被拉得越来越长了。

鳄鱼在泥水中,咬着小象的鼻子,使劲儿想要把小象往水里拖。

拖呀,拖呀,拖呀,它拼命挣扎着,尾巴扑腾着,把河水搅得像奶酪一样浑浊。

就这样,小象的鼻子不断被拉长。它把四条小腿蹬直,拉呀,拉呀,拉呀,鼻子继续变长。

鳄鱼呢,紧紧咬着小象的鼻子,拖呀,拖呀,拖呀,它的尾巴就像一支船桨一样,在泥水里摆动拍打着。

天哪,小象的鼻子在它们俩的拉扯中不断被拉长。哎呀,这可把小象给疼坏了!

小象觉得它的腿在不停地往水里滑,天哪,这时候,它的鼻子足足有五英尺(1英尺=30.48厘米)长了。它用鼻子大声嚷嚷道:

"嗯啊,嗯啊,疼死我啦!"

情况紧急,花斑大蟒蛇急忙爬下河岸,用身子打了一个结,牢牢地套住小象的后腿,高声喊道:

"噢,性急又缺少经验的旅行家呀!现在,我们可要认真研究研究,来干一件高度紧张的工作啦。来呀,快动真格儿的吧!不然的话,那浑身装满铠甲的自动军舰,就要断送你的前程啦!"

花斑大蟒蛇总是爱这种方式说话。"浑身装满铠甲的自动军舰",当然说的还是鳄鱼。

这时候,花斑大蟒蛇拉,小象拉,鳄鱼也在拉。小象不再往水里滑，可它的鼻子却在以更快的速度变长。

到底还是花斑大蟒蛇和小象加在一起的劲儿更大，拉扯到最后，只听"扑通"一声，鳄鱼放开了小象的鼻子，滑进了泥水里。小象也重重地跌坐在地上，摔了个屁股蹲儿。

"扑通"的响声真大！整个大郦波波河两岸，到处都能听到这声巨响。

小象得救了，虽然被狠狠地摔了个屁股蹲儿，可它还是先小心翼翼地向花斑大蟒蛇说了声："谢谢您。"接下来，这头小象孩儿才开始去照顾自己被拉长了的鼻子。

它先用香蕉叶子把拉长的鼻子包起来，然后把鼻子平放在宽宽的、灰灰的、绿绿的、油油的、长满蓝桉树的大郦波波河的河岸上。

"你这是在干吗？"花斑大蟒蛇问。

"对不起，"小象说，"你看我的鼻子全变样儿了，我要等着让它再缩回到原来的样子。"

"那可真有你等的呢！"花斑大蟒蛇风凉凉地说，"唉，有些小家伙儿，有了好东西也不知道该怎么用！"

小象坐在河边等了三天，可它的鼻子还是一点也没缩短。这还不算，它倒变成了一个斜眼儿。

亲爱的小朋友，你们很快就会明白，鳄鱼已经把小象的鼻子拉成了一只真正的长鼻子，完全就像你们今天见到的象鼻子那样。

到了第三天傍晚，一只苍蝇飞过来，叮咬小象的肩膀。小象连想都没想,就把它的长鼻子甩了过去。

"啪"的一声,苍蝇被打死了。

"长鼻子第一优越性!"花斑大蟒蛇在一旁叫道,"哈哈,你原来的那个短鼻子,是干不了这件事儿的。好啦,你现在可以再吃点东西试试啦。"

小象早已经饿坏啦,它想都没想,就伸出它的长鼻子,在地上揪了一把青草。

它先在腿上轻轻地把草根上的泥土蹭干净,然后把青草准确无误地塞进了嘴巴里。

"长鼻子第二优越性!"花斑大蟒蛇又在一旁叫起来,"哈哈,你原来的那个短鼻子,是干不了这件事儿的。好啦,现在这儿的太阳这么热,你难道不想试着让自己凉快点儿吗?"

"的确很热。"

小象话刚说完,连想都没想,就把它的长鼻子伸到了宽宽的、灰灰的、绿绿的、油油的、长满蓝桉树的大粼波波河的河底。

它用长鼻子卷起一大团淤泥,"啪"地一下糊在了头上,做成了一顶黏糊糊、凉丝丝的泥帽子。

"长鼻子第三优越性!"花斑大蟒再次在一旁叫道,"哈哈,你原来的那个短鼻子,是干不了这件事儿的。好啦,要是现在你再挨一顿揍,你会怎么做呢?"

"抱歉,"小象说,"我可一点儿也不喜欢挨揍。"

"那么,要是让你揍别人呢?"花斑大蟒蛇问。

"那倒挺过瘾!"小象高兴地回答道。

"好啦,"花斑大蟒说,"你将会发现,你的长鼻子用来揍别人的屁股,也是挺管用的呢。"

"谢谢您,"小象说,"我会记住这点'优越性'。不过我觉得自己也许应该先回家,找那些揍过我屁股的人试试看。"

于是,小象愉快地舞动着它的长鼻子,穿过非洲平原上的很多地方,朝家里走去。

一路上,小象想吃果子的时候,就用长鼻子从树上摘,再也不用像以前那样,只能等到果子从树下掉下来才可以吃到。

当它想吃草的时候,就用长鼻子把青草从地上拔起来吃,而不用像以前那样,必须跪下身子才可以吃到。

当有苍蝇叮它的时候,它就用长鼻子折下一根树枝,当成苍蝇拍去拍打苍蝇。

当太阳晒得火辣辣的时候,它就用长鼻子做一顶凉丝丝、黏糊糊的泥帽子戴在头上。

当它穿越茫茫的非洲草原,感到途中有些寂寞的时候,它就用长鼻子哼一支歌儿,那声音真比几个铜管乐队奏出的乐声还要响亮。

为了证实大蟒蛇的话,小象还特意找了一只河马,用它的长鼻子把河马揍了一顿。

在其余的时间里,它就用鼻子捡起它来的时候一路丢下的西瓜皮——现在,它可是一头讲卫生的小象了。

在一个黑漆漆的夜晚,小象终于回到了家。它卷起长长的鼻子向大家问好。

人家看见它回来都很高兴,纷纷走上前去跟它打招呼:

"噢,我的小香蕉儿(家里人可都是这么叫它的),快过来!为了你那没完没了问问题的好习惯,快让我们再来好好揍你一顿!"

"哼!"小象勇敢地说,"你们才不知道怎么揍人呢!我会告诉你们,该怎样结结实实地揍屁股。哈哈,现在,快瞧我的吧!"

说着,它甩开它的长鼻子,就把自己的两个兄弟打得到处乱窜。

"噢,天哪!大鼻子!"大伙儿吃惊地问,"你从哪儿学来了这一招儿?你的鼻子怎么搞得这么长?"

"嘿嘿,"小象骄傲地说,"我在宽宽的、灰灰的、绿绿的、油油的、长满蓝桉树的大㽞波波河岸边,从长得像一截烂木头似的鳄鱼那儿,搞出了这么一个长鼻子。我问它午餐吃什么东西,它就给了我这个长玩意儿。"

"可这看起来多难看啊!"浑身毛烘烘的狒狒伯伯说。

"难看是难看,"小象说,"可是,它有很多优越性。"说着,它用长鼻子卷住浑身毛烘烘的狒狒伯伯的一条腿,把它扔进了大黄蜂的窝里去了。

接下来,小象用长鼻子把大伙儿揍了很久很久,直到揍得大伙儿都非常兴奋、惊讶、开心,才停下来。它用长鼻子把高个子鸵鸟阿姨尾巴上的毛拔下来,还卷起大个头儿长颈鹿叔叔的后腿,把它拖进了带钩刺的灌木丛里。

它对大块头的河马婶婶吆五喝六,当河马婶婶饭后在水里睡懒觉时，它就往它的耳朵里吹水泡。

不过，它从来都不让任何人去碰哭了哭了鸟。

哈哈，到最后，小象又把它所学到的各种新本领向大伙儿一一表演了一番。

看吧，事情变得越发热闹起来了。所有的象都非常羡慕这头小象有了这么一个可爱的，而且又那么有用的长鼻子。

大伙儿急急忙忙、争先恐后地跑到那条宽宽的、灰灰的、绿绿的、油油的、长满蓝桉树的大㵎波波河的岸边，排着长队，一个接一个地从鳄鱼那里弄来了长鼻子。

它们回来以后，谁也不揍谁了。

亲爱的小朋友们，从那以后，不论你们见到过的象，还是没有见到过的象，都有了一条长鼻子，就跟那头充满了好奇心的小象的鼻子一模一样。

我养着六个诚实的"仆人"：
它们是"什么""哪儿""谁"，
以及"怎样""为啥""何时"，
它们带给我无穷的知识。

我打发它们穿越海洋和陆地，
带着好奇心走东闯西。
当它们满载而归时，
我总会让他们好好休息。

我让它们从九点歇到十七点，
因为这段时间我繁忙无比，
要吃早点、午餐、晚茶，
还要忙其他许多做不完的事。

不过有的人也许和我习惯不同，
有一个小妞妞，就养了一千万个"随从"。
她一睁开眼，就让它们到处奔波，为她办事。
它们是：二百万个"在哪儿"，一百万个"怎样"，
还有七百万个"为啥"！

阅读感悟：
  读完这篇童话之后，你也许会很开心地发出感叹：不对吧！这是逗小孩儿玩的吧！没错，这的确是一位富有想象力的作家爸爸，写给总爱问"为什么"的孩子们看的故事。这从故事结尾的游戏诗也可以看出。吉卜林的童话故事仿佛信口胡诌，幽默而富有天马行空般的想象力，为全世界的孩子带来了无穷的快乐。你喜欢吉卜林的童话故事吗？欢迎留意他的《原来如此的故事》。

乌鸦为什么是黑的

民间童话

王启惠、胡云、邹志诚 / 搜集整理

导读：

真想不到，乌鸦本来竟然是一种很美丽的鸟。它又是怎么失去美丽的羽毛，变成浑身炭黑色的呢？请读一读这篇中国民间童话吧！

古时候，乌鸦原来长着一身五颜六色的羽毛，森林里除了凤凰以外，要数它最美丽了。

一天，孔雀、画眉、鹦鹉和喜鹊对乌鸦说：

"我们的朋友，你的羽毛太漂亮了。"

乌鸦哼了一声说：

"为什么你们的羽毛这样难看呀？"说完就飞走了，它边飞边唱：

"美丽的鸟儿呀，美丽的鸟儿啊，森林里要数我最漂亮啦！"

当它飞过孔雀、画眉、鹦鹉和喜鹊身边的时候，昂着头说：

"让开，让开，我来了，不要把我的羽毛弄脏了。"

又一天，森林里燃起了一堆熊熊的篝火，太阳照在火上，现出了红的、黄的、蓝的和紫的各种耀眼的颜色。

乌鸦看见了，昂着头对火说：

"你是什么鸟？敢与我比美吗？"

火没有理它。

乌鸦生气了，用力一扑，扑进火堆里，烧得"哇哇"直叫。美丽的羽毛被烧光了，痛得它在地上直打滚。

从此以后，乌鸦的羽毛就变成黑色的了。

阅读感悟：

乌鸦虽然美丽，却骄傲、自负、嫉妒，最后竟然失去理智，扑向了一堆燃烧的篝火，从此羽毛就变成黑色的了。这篇民间童话，想象大胆而又合理，表现了劳动人民的喜好和厌恶。

兔子为什么成了豁嘴唇儿

民间童话

王尧 / 搜集整理

导读：

"小白兔，白又白，两只耳朵竖起来。三瓣嘴，要张开，爱吃萝卜和青菜。"这是许多小朋友都会唱的儿歌，可兔子是怎么成了豁嘴唇儿的呢？读一读这篇流传于我国西藏地区的民间童话，你就知道了。

从前有一只狡猾的兔子，仗着一张乖巧的小圆嘴，不是当面说瞎话，就是背后拨弄是非。

有一次它和马交了朋友，住在一起。冬季里，天气冷得很，它们找了些木柴，在山顶上烤火。烤着烤着，兔子故意慢慢地把火向马面前推，马怕被火烧着皮肉，也就不住向后挪，最后一直挪到悬崖边上了。兔子又把火向前推，马被火烤得难受，又向后挪，就骨碌骨碌滚下去了。

滚到半山腰，马钩住一根树干，大声喊："兔兄！兔兄！替我想个办法看，怎样才能上来？"兔子在山上说："你放开腿使劲一跳，就能跳上来了。"马当真放开树干想往上跳，谁知又骨碌骨碌往下滚了。

幸好它又咬住一根藤子，身体吊在半空中了。兔子又在上面喊："你使劲叫一下就有劲儿了！"马刚一张口，就一直滚到山下摔死了。

兔子跑到牧场上对牧人说："喂！你的运气来了，那边山沟里有匹死马，你快去把皮剥下来吧！"牧人说："不行呀，我这些牲口脊背上的伤口都还没好，我一走开，乌鸦就会飞来把它们啄破抓烂的呀！"兔子拍拍胸膛说："没事，我替你照管着，你快去快回。"牧人听后立刻走了。

牧人走后，兔子连忙跑到乌鸦那儿对它说："喂，你的口福真不浅，那边牧场上的牧人不在，那些牲口脊背上烂得很厉害，你快去啄它们的伤口吧！"乌鸦摇摇头："我不去，你看我的窠里有这么多的蛋，我一走开，小孩就会把它取走的！"兔子说："那怕什么，让我来替你看着，谁也取不去的。"乌鸦听后一扑翅膀飞走了。

乌鸦飞走后，兔子赶紧又跑到小孩跟前对他讲："小家伙，机会来了，老乌鸦不在家，你快去取蛋吧！"小孩眨眨眼："我才不去哩，妈妈叫我在家守门，家里没人，我一走开，小偷会来把东西偷光的！"兔子说："你这傻小子，守门的事放在我身上好了，我来替你守着。"小孩听后飞也似的跑去取蛋了。

这时，兔子又奔到小偷那儿对他说："喂，伙计，你又交财运了。小孩儿取鸟蛋去了，家里没人，你正好去光顾他们一下呀！"小偷说："真的吗，我这就去！"说着一溜烟地跑去了。

这当儿，牧人剥完了马皮，回到牧场一看，兔子不见了，乌鸦正在牲口背上啄伤口哩！牧人用石头掷乌鸦。乌鸦挨了打，急忙往家飞，飞到家一看，小孩儿爬在树上，把窠里的蛋正往兜里装哩！乌鸦急了，迎头就去啄小孩。小孩连忙往家跑，跑到家里，只见小偷正在翻箱倒柜，搜罗钱财哩！小孩大声叫："捉贼，捉贼！"小偷吓得缩着头往回溜。

牧人骂乌鸦，乌鸦骂小孩，小孩追小偷，小偷抱着头跑，闹得一塌糊涂。这时候，兔子却偷偷蹲在山头上看热闹。它眼看大家受了它的愚弄，心里高兴极了，止不住哈哈大笑起来。哪知笑得太凶，把上嘴唇笑成了两瓣儿。至今，兔子的嘴唇还是两瓣儿的，这就是它爱愚弄别人的报应。

所以，我们藏族人常常警告那些爱拨弄是非的人说：

"当心你的嘴唇！"

阅读感悟：

　　兔子由于喜欢拨弄是非，而成了豁嘴唇儿。民间童话中，总是让品德不良者受到惩罚，这表达了社会下层人民的愿望。故事的结尾，"牧人骂乌鸦，乌鸦骂小孩，小孩追小偷，小偷抱着头跑"用了顶针的修辞方法，下一句开头的两个字，与上一句结尾的两个字相同。这样的句子，使得故事情节紧张，语气急促，有一种酣畅淋漓的感觉，可以让听故事的人感到更加有趣。

马是怎样没有犄角的

民间童话

张士杰 / 搜集整理

导读：
　　这是一则流传于河北地区的民间童话。古时候，马长着一对大犄角，很厉害。这对犄角是怎样没的呢？这篇故事会告诉你。

　　这是古时候的事了。那时候，人还不兴养牲畜；那时候的马不光脾气暴躁，性烈如火，头上还长着一对大犄角。那犄角长得比牛羊的都大、都粗、都硬棒。马倒不吃谁，可是它仗着这对大犄角，真是天不怕地不怕，想怎样就怎样，谁不服，就用犄角撞；轻的撞昏了，重的就撞死！所有的牲畜都怕它啊！
　　有一回，马正在一座高山下吃草，见到有一头牛和一只羊，探头探脑地走过去了。马立刻发了火，把牛羊叫过来，大声喝道：
　　"你们看见我了没有？！"
　　"看——看见了。"

"既是看见我在这里吃草,为什么不回避?为什么在这里乱走动?"

牛羊知道惹祸了,再说理由,非倒霉不可,只得低着头不言语了。马一见这情形,更长了威风,叫道:

"不让你们知道知道我的厉害,是不行的!你们快回去,把所有的牛羊都叫来,我要把你们的犄角一个一个都撞掉!一来教训教训你们,二来我出出气、开开心!"

牛羊没办法,只得去叫了。所有的牛羊知道这事以后,又恨马,又发愁。本来嘛,自己长得好好的犄角,干吗平白无故让马撞去呀?许马长犄角,就不许牛羊长了?犄角长在自己的头上,还有用处,谁甘心被撞掉呀?

大伙正愁得没法,有只小山羊说话了:

"快跟我走!我有办法!"

这么多牛羊都怕马,一只小小的山羊又有什么办法呢?大伙见它说话蛮有把握,也就将信将疑,跟它去了。

来到马的跟前以后,小山羊说:

"马呀,是你要把我们的犄角都撞掉吗?"

"对啦!不服气吗?"

"服是服。我得问问你:要是我把你的犄角白白地撞掉,行吗?"

"不行!"

"不行,你干吗要撞掉我们的呢?"

"就要撞!"

"你凭什么呢?"

"就凭我的力气大、犄角硬!我能撞你们,你们撞不了我!"

"这倒是实话。可是,你的力气不算大,犄角也不算硬!"

"小崽子!你竟敢灭我的威风!还有哪个力气比我大,哪个犄角比我硬?"马气得直跺蹄子。

"倒不是跟你比力气,也不跟你比犄角,人家怕跟你一比,你输了丢脸,人家没那么多工夫理你。你觉着我们怕你,人家可不怕你呀!你要是厉害,得天底下什么东西都怕你,那才算真厉害呢!有一个不怕你的,嘿嘿,你就不如个屁蛋哟!"小山羊说着,咩呀咩呀地朝马笑开了。

"谁不怕我?你快说!"马可气坏了。

"我不说,说了怕你吓死!你一死,我们还怕谁呀!你不是要撞掉我们的犄角吗?那就快点撞吧!"小山羊又笑了。

"你非说不行!"马被小山羊这么一激,气得浑身冒火,肺都快炸了。

"我要说了,你敢怎么样呢?"

"你就快说!我要给它个厉害。活的,我把它撞死;死的,我把它撞活了!"

"你非逼我说,我就说吧。"小山羊扬蹄一指旁边的那座大山:"这山就不怕你呀!"

"哈呀呀!"马望着大山立刻急了,"我说你怎么老不回避我呢,原来你不怕我呀!要不把你撞倒,我就不长犄角啦!"

马吼叫着,立刻前腿一抬,身子一纵,后腿一蹬,脑袋一晃,腾身向大山撞去。就听"嘎巴"——"扑通"——大山纹丝没动，马却撞昏了摔在地上，头上的犄角也撞掉了。

到马醒过来的时候，牛羊正晃着自己的犄角朝它乐呢！小山羊又咩呀咩呀地笑着对它说：

"马呀，我说不告诉你吧，你非让我说！这回你的犄角没了，还仗着什么欺侮我们呀？这回也别想撞掉我们的犄角了，就瞪眼看着我们长犄角吧！"

马什么也没说，站起来，又羞又恼地耷拉着脑袋跑了。

从此，马的犄角就没了，它再也不敢欺侮谁了。牛羊呢，却仍然长着犄角，一直到今天。

阅读感悟：
民间童话总是站在同情弱者的立场上，让蛮横霸道、欺凌弱小的恶者受到惩罚。故事里的马可真蠢，竟然在小羊的鼓动下，狂妄到挺起犄角来撞大山。这下，它再也没了犄角。这些童话，通常是从民间搜集的。你的家乡流传着什么故事呢？听老人们讲一讲，然后写下来吧。

书

  人的身体，需要不断汲取物质的营养，来维持基本的生存；而心灵，则需要不断汲取精神的营养，来获得生命的快慰。书是人类的创造，书中记录着人类的生活经验与心灵精华。要想获得这些经验与精华，只需随时随地地打开一本书……

书

朱 湘 / 著

导读：
  当你捧起一本书的时候，是否用心欣赏过它的外观，端详过它的字体，思考过每一个汉字的意蕴，想起与这本书有关的人和事？

  拿起一本书来，先不必研究它的内容，只是它的外形，就已经很够我们的赏鉴了。

  那眼睛看来最舒服的黄色毛边纸，单是纸色已经在我们的心目中引起一种幻觉，令我们以为这书是一个逃免了时间之摧残的遗民。他所以能幸免而来与我们相见的这段历史的本身，就已经是一本书，值得我们的思索、感叹，更不须提起它的内含的真或美了。

  还有那一个个正方的形状，美丽的单字，每个字的构成，都是一首诗；每个字的沿革，都是一部历史。飙是三条狗的风：在秋高草枯的旷野上，天上是一片青，地上是一片赭，猎犬风一般快地驰过，嗅着受伤之兽在草中滴下的血腥，顺了方向追去，听到枯草飒索的响，有如秋风卷过去一般。昏是婚的古字：在太阳下了山，对面不见人的时候，有一群人骑着马，擎着红光闪闪的火把，悄悄向一个人家走近。等着到了竹篱柴门之旁的时候，在狗吠声中，趁着门还未闭，一声喊齐拥而入，让新郎从打麦场上挟起惊呼的新娘打马而回。同来的人则抵挡着新娘的父兄，做个不打不成交的亲家。

印书的字体有许多种：宋体挺秀有如柳字，麻沙体夭娇有如欧字，书法体娟秀有如褚字，楷体端方有如颜字。楷体是最常见的了。这里面又分出许多不同的种类来：一种是通行的正方体；还有一种是窄长的楷体，棱角最显；一种是扁短的楷体，浑厚颇有古风。还有写的书，或全体楷体，或半楷体，它们不单看来有一种密切的感觉，并且有时有古代的写本，很足以考证今本的印误，以及文字的假借。

如果在你面前的是一本旧书，则开章第一篇你便将看见许多朱色的印章，有的是雅号，有的是姓名。在这些姓名别号之中，你说不定可以发现古代的收藏家或是名倾一世的文人，那时候你便可以让幻想驰骋于这朱红的方场之中，构成许多缥缈的空中楼阁来。还有那些朱圈，有的圈得豪放，有的圈得森严，你可以就它们的姿态，以及它们的位置，悬想出读这本书的人是一个少年还是老人，是一个放荡不羁的才子还是老成持重的儒者。你也能借此揣摩出这主人公的命运：他的书何以流散到了人间？是子孙不肖，将他舍弃了？是遭兵逃反，被一班庸奴偷窃出了他的藏书楼？还是运气不好，家道中衰，自己将它售卖了，来填偿债务，或是支持家庭？书的旧主人是这样。我呢？我这书的今主人呢？他当时对着雕花的端砚，拿起新发的朱笔，在清淡的炉香气息中，圈点这本他心爱的书，那时候，他是决想不到这本书的未来命运。他自己的未来命运，是个怎样结局的；正如这现在读着这本书的我，不能知道我未来的命运将要如何一般。

更进一层，让我们来想象那作书人的命运：他的悲哀，他的失望，无一不自然地流露在这本书的字里行间，让我们读的时候，时而跟着他啼，时而为他扼腕太息。要是不幸上再加上不幸，遇到秦始皇或是董卓，将他一生心血呕成的文章，一把火烧为乌有；或是像《金瓶梅》《红楼梦》《水浒》一般命运，被浅见者标作禁书，那更是多么可惜的事情呵！

天下事真是不如意的多。不讲别的，只说书这件东西，它是再与世无争也没有的了，也都要受这种厄运的摧残。至于那琉璃一般脆弱的美人，白鹤一般孤傲的文士，他们的遭忌更是不言可喻了。试想含意未伸的文人，他们在不得意时，有的采樵，有的放牛，不仅无异于庸人，并且备受家人或主子的轻蔑与凌辱；然而他们天生的性格倔强，世俗越对他们白眼，他们却越有精神。他们有的把柴挑在背后，拿书在手里读；有的骑在牛背上，将书挂在牛角上读；有的在蚊声如雷的夏夜，囊了萤照着书读；有的在寒风冻指的冬夜，拿了书映着雪读。然而时光是不等人的，等到他们学问已成的时候，眼光是早已花了，头发是早已白了，只是在他们的头额上新添加了一些深而长的皱纹。

咳！不如趁着眼睛还清朗，鬓发尚未成霜，多读一些"人生"这本书罢！

阅读感悟：

朱湘是一位诗人，也是一位爱书人。这篇散文从书的外形之美，汉字的构成、字体之美，写到书的主人、作书人的命运，又写到读书人的快乐与遗憾，并在文末勉励读者，多读一读"人生"这本书。诗人通过动人而富有诗意的想象，表达了对书的热爱。由"飑""婚"二字展开的联想，用鲜活生动的画面，形象揭示了这两个字的起源和意义，足见诗人对汉字很有研究、极为热爱。朱湘是运用汉字写作的妙手，他的诗文都很优美，值得我们细细品赏。

没有一艘船能像一本书

(美)狄金森 / 著

江 枫 / 译

导读:
  书与船、骏马、通行税、车有什么关系呢?请看美国女诗人狄金森这首意味深长的诗吧……

没有一艘船能像一本书
也没有一匹骏马能像
一页跳跃着的诗行那样——
把人带往远方。

这渠道最穷的人也能走
不必为通行税伤神——
这是何等节俭的车——
承载着人的灵魂。

阅读感悟：

　　第一节诗是说，书可以让人突破时间与空间的局限，把人带往自由的精神世界。第二节诗，则赞美了读书成本的低廉。的确，无论贫富贵贱，书并不对它的读者区别对待；读书也是最节俭高效的灵魂对话。如今，很多同学为了获得一点知识，奔波于各种学费昂贵的培训班之间，怎么能比得上打开一本好书用心读一读呢？

书

(波斯)纳赛尔·霍斯鲁 / 著

张鸿年 / 译

导读：

中国宋代诗人尤袤很喜欢读书藏书，他曾说："饥读之以当肉，寒读之以当裘，孤寂而读之以当友朋，幽忧而读之以当金石琴瑟也。"很是夸大了读书的作用。古代波斯诗人纳赛尔·霍斯鲁也曾把书比作朋友。

单居独处时我有一位挚友，
它与我倾心交谈为我排解忧愁，
它无耳聆听，却能开口发言，
无忧无虑，能为人驱散愁烦。
它有一个脊背却有千张面孔，
张张面孔吹拂着和煦的春风。
有时，我拍拍它的后背，

因见它脸上落满灰尘。

它虽开口讲话，但却不出声音，

有时闭口不语，那是未遇明智的知音。

它的话语句句是警世的妙论，

出言不俗，这样的朋友何处找寻？

我时时造访，顾盼它的面孔，

把古圣先贤的真知教导重温。

阅读感悟：

　　这首诗把书称为挚友，并用拟人的写法，细述了"挚友"的好处，每一行诗句都充满了智慧。读完这首诗之后，你能说一说，这位"挚友"的"面孔"指的是什么吗？

阅读是一种宗教

曹文轩 / 著

导读：
　　曹文轩是北大教授、作家，同时也是一位影响巨大的阅读推广者。在这篇文章中，他将阅读提高到了宗教这样人类精神信仰的高度。你喜欢读书吗？你会认同这篇文章的观点吗？

　　阅读是对一种生活方式、人生方式的认同，阅读与不阅读区别出两种截然不同的生活方式或人生方式。阅读的生活和人生的那一面便是不阅读的生活和人生。这中间是一道屏障、一道鸿沟，两边是完全不一样的风景。一面草长莺飞、繁花似锦，一面是一望无际的令人窒息的荒凉。
　　一种人认为：人存在着就必须阅读。
　　这种人认为人存在着，并不只是一个酒囊饭袋。肉体的滋长、强壮与满足，只需五谷与酒肉。但五谷与酒肉所饲养的只是一具没有灵魂的躯体。这种可以行走，可以叫嚣，可以斗殴与行凶的躯体,即使看着是人,也只是原初意义上的人。关于人的定义,早已超出生物学意义了——生物学意义上的人便是:两腿直立行走的动物。现代,人的定义是:一种追求精神并从精神上获得愉悦的动物——世界上唯一的那种动物,叫人。而这种动物是需要通过修炼的。修炼的重要方式——或者说是重要渠道,便是对图书的阅读。

另一种人认为——其实,他们并没有所谓的认为,他们不阅读,甚至并不是因为他们对阅读持有否定的态度,他们不阅读,只是因为他们浑浑噩噩,连天下有无阅读这一行为都不甚了了。即使有书籍堆成山耸立在他们面前,他们也不可能思考一下:它们是什么?它们与我们的人生与生活有何关系?吸引这些人的只是物质与金钱,再有便是各种各样的娱乐,比如麻将,比如赌博。至于那些明明知道阅读的意义,却又禁不住被此类享乐诱惑而不去亲近图书的人,我们更要诅咒。因为这是一种主动放弃的堕落。几乎可以说:这是一种明知故犯的犯罪。

阅读与不阅读是两种存在观。

读书培养的是一种眼力——发现前方的眼力。不读书的人,其实没有前方,也是没有未来的,也没有过去。一切都在现在,因此非常容易滑入庸俗的功利主义。读书人读着读着,就有了前方,风景无边的前方。什么叫读书人?有过去、现在和未来的人叫读书人。

人类无疑是一切动物中最善于展示各种姿态的动物。体育、舞台、服装模特的T形台,所有这一切场所,都是人类展示自己身体以及姿态的地方。人类的四肢，是进化了若干万年之后最优秀、最完美的四肢。即便如此，人类依然没有停止对自己的身体以及姿态的开发。人类对上帝的回报之一，就是向创造了他们的上帝展示他们各种各样的优美姿态。但上帝对人类说：你们知道吗？人类最优美的姿态就是阅读。

难道还有比阅读更值得赞美的姿态吗？

比如，一个正安静地读书的女孩，难道还不是这世界最优美的、最迷人的姿态吗？这算是一种自然的、安宁的、圣洁的姿态。这一姿态比起那些扭扭捏捏的、搔首弄姿的、人为的、做作的姿态，不知道要高出多少的境界。

我们当看到，人类的那些可以炫耀、可以供人们欣赏的姿态，必须是在有了阅读姿态之后，才有可能抵达最美最高的境界。

人类一切丑陋的动作与姿态皆与这一姿态的缺失有关。因为这一姿态的缺失，我们看到了笨拙、迟钝、粗鲁等种种蠢相。

博尔赫斯问道：什么是天堂？

博尔赫斯答道：天堂是一座图书馆。

也许真的有天堂，但肯定遥不可及。因此，这样的天堂对于我们而言，实际上毫无意义——一个与我们毫不相干的地方，又能有什么意义呢？

但梦中的天堂确实是美丽的。它诱惑着我们，于是，我们唱着颂歌出发了，走过一代又一代，一路苍茫，一路荒凉，也是一路风景，一路辉煌。然而，我们还是不见天堂的影子。我们疑问着，却还是坚定地走在自以为通向天堂的路上。

后来，图书出现了，图书馆出现了——图书馆的出现，才使人类从凡尘步入天堂成为可能。由成千上万的书——那些充满智慧和让人灵魂飞扬的书所组成的图书馆，是一个神秘的地方。因为，任何一本书，只要被打开，我们便立即进入了一个与凡尘不一样的世界。那个世界所展示的，正是我们梦中的天堂出现的情景。那里光芒万丈，那里流水潺潺，那里没有战争的硝烟，那里没有贫穷和争斗，那里没有可恶之恶，那里的空气充满芬芳，那里的果树四季挂果——果实累累，压弯了枝头……

书做成台阶，直入云霄。

图书才使我们完成了宗教性的理想。

阅读也是一种宗教。

阅读感悟：

本文是曹文轩《阅读是一种宗教》(读书笔记)一书的序言。文章首先表达了对阅读与不阅读两种生活方式和人生方式的看法；接着指出，读书人才能够拥有过去、现在和未来。文章认为读书的姿态，才是人类最优美、最迷人的姿态；并引用博尔赫斯的话，来说明图书为我们展示的是梦中天堂的景象，进而提出本文的论点：阅读也是一种宗教。这篇文章的用意并不在于对题目的观点进行论证，而是为了表达对读书的赞美与歌颂。相信爱美的孩子读了这篇文章，一定会悄悄拿起一本书，安静地开始阅读。因为，你读书的样子好美！

两本书

(苏格兰)阿兰·兰姆赛 / 著

王佐良 / 译

导读:
  在有趣的诗人笔下,摆在书架上的两本书,也会互相争吵,为什么呢?你看,它们登场了……

两本书做了书架的近邻:
一本是少爷,土耳其皮面烫金;
另一本是饱经风霜的老头,
牛皮封面已经虫蛀生垢。
少爷对自己的装束得意扬扬,
翘起了鼻子,大声嚷嚷。

"呵,该把我移到新的书架,
旁边这发霉的家伙把人臭杀!

一本像我这样文雅的书,
哪能忍受这样没出息的邻居?
人们将会怎样议论,
看我同这丑八怪靠拢?
一定会说我头脑简单,
辱没了自己的品德高尚。"

那本老头书说:"先生,请别嚷,
你穿的外衣虽然漂亮,
我怀疑你肚里有多少名堂。
我的样子虽是土包。
内容却比你高超。"

"呵,天呀,叫我怎么忍受
这出言不逊的死老头!
一分钟也不能再待!"
"先生,你且息怒稍待,
听我把事情细表——"
"谁听你那狂妄的一套!
愿你把舌头烂掉!——快点,东家,
把我从这叨唠的诗棍身边抽下。
如果你还在乎书店的名声,
也看重我们这号书的身份,

那么赶快让我离开这老怪物,
我受不了它的臭气和咕噜!"

它指手画脚说得正起劲,
碰上一位顾客往里进,
他把那本不打眼的诗集一瞧,
没看几页就把它买下了,
还说"这本好书真难寻,
美丽的诗句含真情。"
他顺便又把那本烫金的书名看,
喊一声"天哪!华而不实的破烂,
哪本书也没有它沉闷,
多少土耳其好皮又白用!"

好了,如把编的故事来应用,
先生,您就是其中的买书人。
您的仆人诚心祈祷,
但愿您能垂青他的诗集,
他将感激上帝的奖励,
而对少爷们相顾一笑。

阅读感悟：

苏格兰诗人阿兰·兰姆赛（1684或1685—1758）从小丧父，在一家假发店做学徒，后来由于爱好文学，成了书商，自己也写诗。这首诗表现出了他的书商和诗人本色，他在诗中嘲笑了那些装订精美而内容空洞的出版物。拟人的写法，让这首诗充满了幽默诙谐的趣味。

麻雀

　　麻雀，是一种常见的小鸟。它总喜欢在人们的近旁出现，以获取食物。它也许是人类最熟悉的一种鸟类。麻雀是一种让人感动的鸟，令人惊奇的是，它还可以播放天气预报……

麻雀

(俄)屠格涅夫 / 著

黄伟经 / 译

导读:
　　屠格涅夫先生的狗,即将捕获一只还在学飞的稚嫩的小麻雀。然而,让他吃惊的一幕发生了……

　　我打猎归来,沿着花园的林荫路走着。狗跑在我前边。

　　突然,狗放慢脚步,蹑足潜行,好像嗅到了前边有什么野物。

　　我顺着林荫路望去,看见了一只嘴边还带黄色、头上生着柔毛的小麻雀。它从巢里跌落下来(风猛烈地吹打着林荫路上的白桦树),呆呆地伏在地上,孤立无援地张开两只羽毛还未丰满的小翅膀。

　　我的狗慢慢向它靠近。忽然,从附近一棵树上飞下一只黑胸脯的老麻雀,像一颗石子似的落到狗的鼻子跟前——它全身倒竖着羽毛,惊惶万状,发出绝望、凄惨的叫声,两次扑向露出牙齿、大张着的狗嘴边去。

它是猛扑下来救护幼雀的。它用身体掩护着自己的幼儿……但它整个小小的身体因恐怖而战栗着，它小小的声音也变得粗暴嘶哑了，它在牺牲自己了！

在它看来，狗该是个多么庞大的怪物啊！然而，它还是不能站在自己高高的、安全的树枝上……一种比它的理智更强烈的力量，使它从那儿扑下身来。

我的特列左尔站住了，向后退了退……看来，它也感到了这种力量。

我赶紧唤住惊慌失措的狗——然后，我怀着尊敬的心情，走开了。

是啊，请不要见笑。我尊敬那只小小的、英勇的鸟儿，我尊敬它那种爱的冲动和力量。

爱，我想，比死和死的恐惧更强大。只有依靠它，依靠这种爱，生命才能维持下去，发展下去。

阅读感悟：

屠格涅夫（1818—1883），俄国作家，彼得堡大学毕业，写过《猎人笔记》等作品。他曾因反对不合理的农奴制，而遭到政府拘捕、流放。他的作品同情弱者与弱者的抗争，对人类的爱、善良、勇敢、坚韧的精神品格进行歌颂。散文《小麻雀》很好地体现了作家的思想情感。这篇短小的散文，因作家对小麻雀、老麻雀、狗的动作情态的准确描写，而具有了感人的力量。作者是怎样写它们的动作情态的？比喻好在哪里？这些都值得我们好好品味。

麻雀的"气象台"

(苏联)马·兹韦列夫 / 著

王 汶 / 译

导读：

麻雀也会预报天气吗？动物学家与铲雪老人，谁更了解麻雀的行为预示着什么呢？

这年冬天特别暖和，地上只薄薄地冻了一层冰。后来，好容易下了一场雪，但是天气一直不太冷。田野里的麻雀早就搬到有人家的建筑物里来住了，与一群群家雀混在一起。

一天早晨，阿克苏·查巴林斯基禁猎区的一位动物学家，从试验室的窗口，看见一只麻雀衔着一根羽毛，飞进房檐底下去。那天，他还看见好几只麻雀嘴里衔着绒毛或羽毛飞进去。第二天，又有许多麻雀在鸡舍附近找鸡毛和绒毛，衔到屋檐底下去。

看门的老人一边观察麻雀，一边把院子里的积雪铲到菜窖的房顶上。

"老爷爷,您瞧,好像麻雀在做窝。大概冬天快要过去了!"动物学家笑着对老人说。

"马上要大冷了,麻雀是想把房檐底下的窝垫暖和一点,好在那里面过夜!"老人这样回答动物学家。

第三天,白天还是挺暖和,但是到了晚上,动物学家就听见无线电收音机广播紧急天气预报,说要来寒流了。早晨,太阳在寒冷的烟雾中升起,天太冷。

三天以前,麻雀的"气象台"就发出了要变天气的警报!

阅读感悟:

马·兹韦列夫是一位深入大自然考察动物行为的科学家和作家,他对于动物的了解,来自真实的经历与体验,而不是书本。这篇短文,选自他记录和研究动物行为的散文集《动物奇趣》。短文的语言平易而亲切,通过麻雀衔羽毛的细节,揭示了麻雀可以预报天气的科学规律。动物学家与铲雪老人的谈话表明,在生活实践中得到的知识,往往比从书本中得到的更准确。

麻雀排队

金 江 / 著

导读：

小麻雀要排队？为什么？怎么排？结果会怎样？

一群麻雀站在枝头上，看见天空飞过的大雁，排成整整齐齐的长队，羡慕极了。

一只麻雀提议："让我们也排队飞行好吗？"

"好！好！"大家一致同意。

说干就干，他们都飞起来了。

可是有的飞得高，有的飞得低；有的飞得快，有的飞得慢。排来排去，总排不成队。

乱了一阵以后，他们纷纷歇落在枝头上，叽叽喳喳地讨论起来："我们为什么排不好队？"

一只麻雀说："排队得有一个队长来指挥才行。"

大家说："对，对！要有一个队长来指挥。"

于是你要做队长，他也要做队长，又乱哄哄地吵了起来，争执不下。

结果，大家商定，由一只年纪最大的麻雀来做队长。

队长发令了："一二三，起飞！"

大家都争先恐后地飞向天空。

仍旧乱糟糟的，有的飞得快，有的飞得慢；有的飞得高，有的飞得低。排不成队。

队长急了，批评那只飞得太快的麻雀："听指挥，飞得慢一点！"

那只被批评的麻雀不服气，大家朝东飞，他故意朝西飞。

队长批评那只飞得太低的麻雀："跟上，飞得高一点！"

那只被批评的麻雀不高兴，掉转头飞回家去了。

有的麻雀嚷太吃力，有的麻雀嚷肚子饿了……结果一哄而散，各自飞走了。

只剩下那只当队长的麻雀，愣头愣脑地在想："为什么麻雀排不好队？"

阅读感悟：

　　麻雀总也排不好队，因为它们总想的是自己，而不肯为大伙儿考虑。童话，通常会运用幻想、拟人、夸张等虚构的写法。好的童话，总会让人感到亲切、自然、想象合理。金江先生为什么写麻雀排队，而不是其他小鸟排队呢？这体现了对生活真实的尊重。在鸟类当中，也许只有麻雀，最能给人留下乱哄哄不守纪律的印象了。

小麻雀之死

金 波 / 著

导读：
　　一个七岁的男孩，得到一只还没长羽毛的麻雀宝宝，精心喂养它，期待着调教小麻雀表演节目。后来怎样了呢？他的愿望实现了吗？

　　那一年，我七岁。刚上学不久，就生了一场病。同学为了排解我的寂寞，从房檐下的麻雀窝里，给我掏来了一只小麻雀。

　　那麻雀真小，眼睛闭得紧紧的，全身光溜溜，没长出羽毛。只是它不断地"叽叽叽"地叫着，还把嘴张得大大的。我知道，它这是向妈妈乞讨着食物。见到这情景，我就把玉米面加水搅拌以后，又团成米粒大小的玉米球喂给它吃。

　　它吃得真香，每吞咽一次，都把细细的脖子伸得长长的。

　　妈妈说："还是把它送回窝里去吧，别人代替不了它的妈妈。"

　　我没听妈妈的劝告。在以后的日子里，我不但喂它玉米面，还从我吃的早点中，偷偷地留给它半个鸡蛋黄。

它吃得很香，渐渐长出了羽毛。我把它放在地上，只要我在手掌上撒上几粒小米，"叽叽叽"地一叫，它就会跳过来，跳到我的手掌上啄米吃。

在以后的日子里．我和同学们常常去草地上捉昆虫给它吃。

有一次，妈妈从米缸里发现了几只虫子。那虫子软软的，不大不小，它最喜欢吃。于是，我天天让妈妈从米缸里给小麻雀找米虫子吃。但妈妈再也找不到了，而且米也快吃完了。我向妈妈建议说："咱们不吃这米了，让它专给小麻雀培养小虫子不好吗？"妈妈当然没采纳我的意见。为这件事，我还生了妈妈的气。

小麻雀不但羽毛丰满了，还会飞了。我把食物放在手掌上，只要我"叽叽叽"一叫，它就很快飞过来，站在我的手掌上把米粒啄干净。

当我的小麻雀在屋里飞来飞去，飞得很开心的时候，我发现院子里老槐树上，有两只麻雀向着我家叽叽喳喳叫个不停。每逢这个时候，我的小麻雀就停下脚步，歪着头儿静静地听着。后来，它一听到外面的麻雀叫，就飞到窗台上，隔着窗玻璃往外看，还不停地叫着。不久，我又发现，只要小麻雀出现在窗前，老槐树上的两只麻雀就直飞到窗台上，隔着窗玻璃和我的小麻雀你一言我一语地交谈起来，就像久别重逢话家常。

妈妈看到这情景，又劝导我说："外面的老麻雀来接它们的孩子了。快把小麻雀放生了吧，让它们一家团聚。"那时候我怎么会听妈妈的劝导。我认为小麻雀是我养大的，我才是它最好的朋友。况且我还有一套驯鸟计划，比如我可以调教训练小麻雀表演衔钱、叼旗、打弹等节目。这些节目都是我在街上看到卖艺人和黄雀、燕雀、交嘴鸟表演的。虽然早就有人提醒我，麻雀很笨，调教不出这些本事，但我自信，我用鸡蛋黄养大的麻雀绝不会那么愚蠢。

可是，我万万没想到，自从那天小麻雀和老麻雀隔窗交谈以后，神情变得很冷漠，没精打采，不吃不喝。我无论拿什么好吃的，无论怎么叫它，它都不理不睬。

这一天，它又蜷缩在角落里。忽然，窗外的老麻雀又叫了起来，它立刻眼睛睁得大大的，张开翅膀腾空而起。它在屋里盘旋了一圈，就箭也似的向窗玻璃上冲去。只听"嘭"的一声，撞在玻璃上，它像一块石头似的坠落在地上。

我冲过去，双手托起晕过去的小麻雀，无数次地呼唤它，它再也没有醒来。

我把死去的小麻雀埋在老槐树下。我又听见老麻雀在叫，似乎在为它唱挽歌。

阅读感悟：

麻雀几乎是最难驯养的小鸟，"我"能把它养到羽毛丰满，并学会飞，已经很难得。麻雀虽小，却并不是适合家养的鸟，它向往自由。终于有一天，它撞在窗玻璃上，死了。"我"是爱麻雀的，却害死了它。结尾的一句表达了"我"怎样的感情，你能体会到吗？

聆听时间的脚步

时间既古老又年轻,与这个世界同在,却无时无刻不在消逝。中国古代的大思想家、教育家孔子,曾在一条河流边上慨叹:"逝者如斯夫,不舍昼夜。"意思是说:时间就像那流水一样啊!无论白天和黑夜,不停地在流逝……

岁月的目光

赵丽宏 / 著

导读：
　　岁月有目光吗？当我们真切地感知到时光的流逝时，或许会觉得，在冥冥之中，岁月的目光好像在注视着我们。岁月的目光，又将给我们带来怎样的启迪呢？

　　岁月的目光，无时无刻不审视着这个世界上的每一个人。它能穿透一切峭岩高墙，能逾越一切湖海大川，也能剖视一切灵魂，不管你是高尚还是卑微。
　　只要活着，你就不可能是雕像，在原地一动不动。也许你正在气宇轩昂地阔步前行；也许你正无奈地在原地徘徊；也许你不敢正视前方，瑟缩地一步步往后退却……
　　这一切，都无法躲避岁月的目光。
　　岁月把你的一切举动都看在眼里。它不会为你喝彩，不会为你叹息，更不会为你流泪。然而它会掠过你的心灵，使你领悟到时光对于你的意义。

　　心怀着远大目标阔步前行的人，总能和迎面而来的岁月目光相逢。这是闪电般的撞击，岁月用灿烂的目光凝视你，你用坦然的眼神回望它，有多少晶莹的火星，在这相互的凝望中飞扬闪烁。如果这世界曾笼罩黑暗，这样的目光交流，会照亮朦胧的夜空。前进的脚步声是多么美妙的音乐！只有行进中的人才能发现岁月赞叹的目光。

　　如果你在原地徘徊，岁月的目光也不会和你擦肩而过。只要你还醒着，哪怕你因为羞愧无法抬头，你也能看到，迎面逼过来的岁月，正用炯炯眼神扫射你凌乱、曲折的脚印……

　　如果你在颓丧中后退，岁月不会因此而停止了它的脚步。当岁月之河在你的身边哗哗流过时，你会发现，它的目光犹如针芒，刺灼着你的双脚。如果你还没有昏庸到神志不清，你会在它的刺灼中一跃而起。

　　是的，所有的人都会被岁月的流水淹没。而那些无愧于人生、无愧于岁月的人，会成为美丽的雕像，站立在岁月的河畔，岁月的目光将久久地抚摸他们，让后来的人们在它灼灼的凝视中欣赏他们，发现他们曾经把生命的火花燃烧得何等灿烂夺目。

　　抬起头来，朋友，迎着岁月的目光，脚踏实地向前走。让你的目光，在行进中和岁月交流。只要你向前走着，你一定会看到，在人生的旅途上，到处是目光和目光的交流，它们如霞飞电闪，辉映着生活，辉映着我们的世界。

阅读感悟：

　　岁月，就是时间。当我们能够真切地觉察到时间的流逝时，才会珍爱生命，想要按照自己的愿望，把生命安排得更好，不辜负这一生。在岁月目光的注视下，每个人将以怎样的状态走完一生？会创造出什么，留下什么？这篇文章在激发着我们的思考。这是一篇哲理散文，作者巧妙地运用拟人和比喻等多种写法，以诗意的笔触、鲜明的形象，表达了自己对时间的思考。

匆匆

朱自清 / 著

导读：
我们在时光里，过着一天天。每一个现在，都在不断成为过去；每一个今天，不断变成昨天和前天。你有没有想过：我们的日子为什么一去不复返呢？

燕子去了，有再来的时候；杨柳枯了，有再青的时候；桃花谢了，有再开的时候。但是，聪明的，你告诉我，我们的日子为什么一去不复返呢？——是有人偷了他们罢：那是谁？又藏在何处呢？是他们自己逃走了罢：现在又到了哪里呢？

我不知道他们给了我多少日子；但我的手确乎是渐渐空虚了。在默默里算着，八千多日子已经从我手中溜去；像针尖上一滴水滴在大海里，我的日子滴在时间的流里，没有声音，也没有影子。我不禁头涔涔而泪潸潸了。

去的尽管去了，来的尽管来着；去来的中间，又怎样地匆匆呢？早上我起来的时候，小屋里射进两三方斜斜的太阳。太阳他有脚啊，轻轻悄悄地挪移了；我也茫茫然跟着旋转。于是——洗手的时候，日子从水盆里过去；吃饭的时候，日子从饭碗里过去；默默时，便从凝然的双眼前过去。我觉察他去的匆匆了，伸出手遮挽时，他又从遮挽着的手边过去，天黑时，我躺在床上，他便伶伶俐俐地从我身上跨过，从我脚边飞去了。等我睁开眼和太阳再见，这算又溜走了一日。我掩着面叹息。但是新来的日子的影儿又开始在叹息里闪过了。

在逃去如飞的日子里，在千门万户的世界里的我能做些什么呢？只有徘徊罢了，只有匆匆罢了；在八千多日的匆匆里，除徘徊外，又剩些什么呢？过去的日子如轻烟，被微风吹散了，如薄雾，被初阳蒸融了；我留着些什么痕迹呢？我何曾留着像游丝样的痕迹呢？我赤裸裸来到这世界，转眼间也将赤裸裸的回去罢？但不能平的，为什么偏要白白走这一遭啊？

你聪明的，告诉我，我们的日子为什么一去不复返呢？

阅读感悟：

　　这是一篇感叹时光流逝的美文。朱自清先生是散文家、诗人和学者，有着深厚的古典文学修养。"叹光阴之易逝"，本是古典文学里常有的感伤主题。这篇散文虽也微微流露出伤感的情绪，更多的却是引人深思、催人奋发的格调。是否具有生命和时间意识，是一个人与动物的重要区别。时光是无声无息、无影无形的，朱先生却巧妙地运用拟人和比喻，使我们仿佛看到了时间的样子。而文中丰富的排比句，显示了作者情感的丰富与充沛。读了这样的妙文，你感觉到时光的存在了吗？你将怎样好好利用它，去多做一点有益和有趣的事情呢？

痕迹

郑　敏 / 著

导读：
　　时间是没有痕迹的，却在诗人的心上留下了痕迹。这是怎样的痕迹呢？

　　黄色的沙发上留下坐痕
　　白蓝花的杯上留下茶渍
　　唯有时间的脚步没有留下足印
　　它已经走出这间寂静的客厅
　　消失在门外，画上句号
　　我呆呆地听着，竟没有一声门响

阅读感悟：

　　好诗通常以形象和情感打动人。这首诗以坐痕、茶渍来衬托时间的无痕。时间来去无痕迹，也没有声音，却在诗人心中留下了触动。诗中的画面和场景，仿佛让诗人的一段时间，贮存在了这首诗里。读了这首诗的人，似乎随时又可以重新唤醒它。时间是留不住的，然而，从这个意义上来说，文字和诗却可以让时间凝固、不朽。

寒冷的味道

中国处在地球的北半球,大部分地区有着特点鲜明的四季。冬天,在许多人看来,是最缺乏生趣的季节。可是,在作家和诗人眼中,冬天也有着独特的美与趣味……

冬天之美

（法）乔治·桑 / 著

程依荣 / 译

导读：

　　冬天之美，美在何处呢？在浪漫主义女作家乔治·桑的眼中，乡村的冬天才最美。我们来看一看，她是如何描写乡村冬天的美景的。

　　我从来热爱乡村的冬天。我无法理解富翁们的情趣，他们在一年当中最不适于举行舞会、讲究穿着和奢侈挥霍的季节，将巴黎当作狂欢的场所。大自然在冬天邀请我们到火炉边去享受天伦之乐，而又正是在乡村才能领略这个季节罕见的明朗的阳光。在我国的大都市里，臭气熏天和冻结的烂泥几乎永无干燥之日，看见就令人恶心，在乡下，一片阳光或者刮几小时风就使空气变得清新，使地面干爽。可怜的城市工人对此十分了解，他们滞留在这个垃圾场里，实在是由于无可奈何。我们的富翁们所过的人为的、悖谬的生活，违背大自然的安排，结果毫无生气。英国人比较明智，他们到乡下别墅里去过冬。

在巴黎，人们想象大自然有六个月毫无生机，可是小麦从秋天就开始发芽，而冬天惨淡的阳光——大家惯于这样描写它——是一年之中最灿烂、最辉煌的。当太阳拨开云雾，当它在严冬傍晚披上闪烁发光的紫红色长袍坠落时，人们几乎无法忍受它那令人炫目的光芒。即使在我们严寒却偏偏被不恰当地称为温带的国家里，自然界万物永远不会除掉盛装和失去盎然的生机。广阔的麦田铺上了鲜艳的地毯，而天际低矮的太阳在上面投下了绿宝石的光辉。地面披上了美丽的苔藓。华丽的常春藤涂上了大理石般鲜红和金色的斑纹。报春花、紫罗兰和孟加拉玫瑰躲在雪层下面微笑。由于地势的起伏，由于偶然的机缘，还有其他几种花儿躲过严寒幸存下来，而随时使你感到意想不到的欢愉。虽然百灵鸟不见踪影，但有多少喧闹而美丽的鸟儿路过这儿，在河边栖息和休憩！当地面的白雪像璀璨的钻石在阳光下闪闪发光，或者当挂在树梢的冰凌组成神奇的连拱和无法描绘的水晶的花彩时，有什么东西比白雪更加美丽呢？在乡村的漫漫长夜里，大家亲切地聚集一堂，甚至时间似乎也听从我们使唤。由于人们能够沉静下来思索，精神生活变得异常丰富。这样的夜晚，同家人围炉而坐，难道不是极大的乐事吗？

阅读感悟：

　　乔治·桑在文章一开头，就表达了对乡村冬天的热爱，并用对比的写法，以大都市冬天的丑（臭气熏天、冻结的乱泥），来衬托乡村冬天的美（明朗的阳光、清新的空气）。接下来，对乡村的阳光与植物的描写，对鸟儿和白雪、冰凌的刻画，都让人仿佛对乡村冬天的美身临其境。而文章末尾，写到漫漫长夜中人们的沉静思索与围炉夜话，令人无比向往。这篇散文就像一幅色彩绚丽的油画，把人带到了法国乡村冬天的场景中。多种形式的比喻的运用，为文章增色不少。乔治·桑自幼生活在田庄，对自然的美景和顺应自然的生活无比热爱，她的作品很能引起处在城市与工业文明中的人们的共鸣。

霜的工作

叶圣陶 / 著

导读：
　　冬天来了，要降霜了。寒霜使得大地上的许多事物发生了变化，它都做了哪些工作呢？

　　很冷的晚上，霜大声地喊："你们预备着，今晚我要留在你们这里了。北风吹了一天，厚厚的云挡住了太阳的暖气，是我工作的时候了。特地关照你们一声，免得你们预备不及，就来埋怨我。"
　　霜这样喊过之后，人家都预备好了。农人把牛牵进屋里，给一切牲畜加铺一点干草。母亲把厚被盖在孩子的身上，让他们暖和地睡觉。种花人说："这些花草不要被霜弄坏了。"就把花盆移过。
　　霜的工具都在一只小箱子里，是些什么东西呢？一只颜色盒子，大大小小的画笔，还有剪刀和铁锤。

霜背起小箱子，动手工作了。它把草叶和有些树叶涂成黄色，把有些树叶涂成嫩红色，更把有些树叶涂成老红色。它拿起一支大画笔，蘸着银白色来画田地，田地上就像落过小雪一般。它拿起一支小画笔，也蘸着银白色来画人家的窗玻璃，窗玻璃上就有了非常美丽的花纹。

它又用了剪刀剪开各种种子的壳，嘴里唱着："你熟了，散播到各处去吧！你熟了，散播到各处去吧！"最后它到栗子树上，说："栗子也熟了，我要敲开那些硬壳，让孩子和松鼠有栗子吃。"它用了铁锤把一个个硬壳都敲开。棕色的栗子就在毛茸茸的屋子里露出来了。

阅读感悟：

这篇散文选自民国时期由叶圣陶先生编写的《开明国语课本》第七册。拟人写法的运用，使得这篇文章变得格外生动有趣。本来没有生命和情感、思想的霜，好像一个淘气的小孩，拿着颜色盒子、画笔、剪刀和铁锤，让天变冷，让草木、大地和人们的窗玻璃变色，让种种子的壳都开裂了。这样写，比平实地描述霜降后大地上各种事物的变化，更能引起读者的兴味。你愿意在作文中，多用一用拟人这种写法吗？

顽皮的冬天

薛卫民 / 著

导读:
我们看了题目,便会想到,诗人要把冬天当作顽皮的小孩来写了。顽皮的冬天,会做些什么事呢?

冬天喜欢看小狗
在雪地上跑,
小狗就跑,
小狗不跑,
冻脚!

冬天喜欢听小鸟
在枝头叫,
小鸟就叫,
小鸟不叫,

怕把鸟嘴冻掉!

冬天喜欢让小孩
玩得热闹,
小孩就热闹,
滑雪、溜冰、打雪球……
疯得头上热气直冒!

顽皮的冬天乐了,
它也不闲着——
它让雪花在空中舞蹈,
它迎着大北风,
嗖嗖吹口哨!

阅读感悟:

　　诗人薛卫民生活在吉林省,那里的冬天非常冷。这首诗用了拟人的写法,把冬天当作一个顽皮的小孩来写,仿佛小狗跑、小鸟叫、小孩玩得热闹,都是冬天指使的。最后一节诗,活脱脱写出了一个挥洒着雪花、吹着口哨的顽皮的小孩形象。这诗有趣,还在于运用了适度的夸张。小狗不跑,也未必冻脚;小鸟不叫,嘴也冻不掉。可诗人这样写,就使得诗句更有趣了。儿童诗,有时不需要讲科学,冒点孩子似的傻气的儿童诗,才更幽默感人。

作家少年时

  每一位成人,都有自己的少年往事,作家也不例外。这些往事,往往会为他们的一生带来影响:让他们学会了感念他人的善意,或是影响了他们对待好书的感情和态度,甚至是影响了他们一生创作的情感基调。阅读作家们的少年故事,或许会为你带来可贵的人生启示。

词典的故事

阿 来 / 著

导读：
今天的孩子想要得到一本词典，通常是一件容易的事情。作家阿来在少年时，为了买到一本成语词典，却流下了委屈的泪水。他最后得到那本词典了吗？对今天的孩子们，这位作家又会提出怎样的希望呢？

很多我这个年纪的人回忆起自己的青少年时代，往往会慨叹今天的青少年是多么的身在福中不知福。而且，这种感叹总是很具体地指向吃，指向穿，指向钱，都在很物质的层面，所谓的忆苦思甜。我也经历过那样困窘的生活，却不太在意那些物质层面上的比较，而是常常想起那个年代精神生活的匮乏。

比如，我上师范学校的1978年，全班同学都没有教材。是老师拿出"文革"前的教科书，我跟班上几个字写得比较像样的同学用了好多个晚上，熬夜刻写蜡纸，油印了装订出来，全班人手一册,作为教科书用。

我出生在一个偏僻的小山村里,上的是两个班合用一个教室一个教师的复式教学的小学。快读完小学了,不要说现在孩子们多得看不过来的课外书与教辅书,我甚至还没有过一本小小的字典或词典。那时,我是多么渴望自己有学问啊,我觉得世界上的所有学问就深藏在张老师那本翻卷了角的厚厚的词典中间。小学快毕业了,学校要组织大家到十五公里外的刷经寺镇上去照毕业照片。这个消息早在一两个月前,就由老师告诉我们了。然后,我们便每天盼望着去到那个当时对我们来讲意味着远方的小镇。虽然此前我已经跟着父亲去过一两次,也曾路过那镇上唯一的一家照相馆,但我还是与大家一样热切地希望着。星期天,我照例要上山去,要么帮助舅舅放羊,要么约了小伙伴们上山采药或打柴。做所有这些事情都只需要上到半山腰就够了。但是这一天,有人提议说,我们上到山顶去看看刷经寺吧。于是,大家把柴刀与绳子塞进树洞,气喘吁吁地上了山顶。那天阳光朗照,向西望去,在十五公里之外,在逐渐融入草原的群山余脉中间,一大群建筑出现了。这些建筑都簇拥在河流左岸的一个巨大的十字街道周围。十字街道交会的地方有小如甲虫的人影蠕动,这些人影上面,有一面红旗在迎风飘扬。大家都没有说话,大家都好像听到了那旗帜招展的噼啪声响。我们中有人去过那个镇子,也有人没有去过,但都像熟悉我们自己的村庄一样熟悉这个镇子的格局。

不久以后,十多个穿上新衣服的孩子,一大早便由老师带着上路了。将近中午时分，我们这十多个手脚拘谨东张西望的乡下孩子便顶着高原的强烈阳光走到镇上人漠然的目光中和镇子平整的街道上了。第一个节目是照相。前些天，中央电视台新开的《人物》栏目来做节目，我又找出了那张照片。照片上那些少年伙伴，都跟我一样，瞪大了双眼，显出局促不安，又对一切都感到十分好奇的样子。照完相走到街上，走到那个作为镇子中心的十字路口，一切正像来过这个镇子与没有来过这个镇子的人都知道的一样：街道一边是邮局，一边是百货公司，一边是新华书店。街的中心，一个水泥基座上高高的旗杆上有一面国旗，在晴朗的天空下缓缓招展。再远处是一家叫作人民食堂的饭馆。我们一群孩子坐在旗子下面的基座上，向东望去，可以看到我们曾经向西远望这个镇子时的那座积雪的山峰。太阳照在头顶，我们开始出汗。我伸在衣袋里的手也开始出汗。手上的汗又打湿了父亲给我的一元钱。父亲把吃饭与照相的钱都给了老师，又另外给了我一元钱。这是我迄今为止可以自由支配的最大的一笔钱。我知道小伙伴们每人出汗的手心里都有一张小面额的钞票，比如我的表姐手心里就攥着五毛钱。表姐走向了百货公司，出来时，手里拿着许多五颜六色的彩色丝线。而我走向了另一个方向的新华书店。书店干净的木地板在脚下发出好听的声音。干净的玻璃柜台里摆放着精装的毛主席的书，还有马克思、列宁的书。墙壁上则挂满了他们不同尺寸的画像，以及样板戏的剧照。当然，柜子里还有一薄本一薄本的鲁迅作品，再加上当时流行的几部小说，这就是那时候新华书店里的全部了。不像今天走进上千平方米的大型书城里那种进了超市一样的感觉。我有些胆怯地在那些玻璃柜台前轻轻行走，然后，在一个装满了小红书的柜台前停了下来。因为我一下就把那本书从一大堆毛主席的语录书中认了出来。

那本书跟语录书差不多同样大小，同样的红色，同样的塑料封皮。但上面几个凹印的字却一下撞进了眼里：《汉语成语小词典》。我把攥着一块钱人民币的手举起来，嘴里发出了很响的声音："我要这本书！"

书店里只有我和一个伙伴，还有一个营业员。

营业员走过来，和气地笑了："你要买书吗？"

我一只手举着钱，一只手指着那本成语词典。

但是，营业员摇了摇头，她说，我不能把这书卖给你。买这本书需要证明。证明我来自什么学校，是干什么的。我说自己来自一个汉语叫马塘、藏语叫卡尔古的小学，是那个学校的五年级学生。她说那你有证明都不行了。"这书不卖给学生，再说你们马塘是马尔康县的，刷经寺属于红原县。你要到你们县的书店去买。"我的声音便小了下去，我用这种自己都不能听清的小声音说了一些央求她的话，但她依然站在柜台后面坚决地摇着头。然后，我的泪水便很没有出息地下来了。因为我心里的绝望，也因为恨我自己不敢大声表达自己的想法。父亲性格倔强，他也一直要我做一个坚强的孩子，所以我差不多没有在人前这样流过眼泪。但我越想止住眼泪，这该死的液体越是欢畅地奔涌而出。营业员吃惊地看着我，脸上露出了怜悯的表情。

她说．"你真的这么喜欢这本书？"

"我从老师那里看见过，我还梦见过。"

现在，这本书就在我面前，但是与我之间，却隔着透明但又坚硬又冰凉的玻璃，比梦里所见还要遥不可及。

营业员脸上显出了更多的怜悯，这位阿姨甚至因此变得漂亮起来。她说："那我要考考你。"

我看到了希望，便擦干了眼泪。她说了一个简单的成语，要我解释。我解释了。她又说了一个，我又解释了。然后，她的手越出柜台，落在我的头顶，深深地叹了口气，说："不容易，一个乡下的孩子。"然后便破例把这本小书卖给了我。从此，很长一段时间，我像阅读一本小说一样阅读这本词典。从此，我有了第一本自己的藏书；从此，我对于任何一本好书都怀着好奇与珍重之感。而今天，看到新一代的青少年面对日益丰富的精神食粮，好奇心却完全表现在与知识无关的地方，心里真有一种痛惜之感。如果在这样优越的条件下，面对丰富的精神食粮，我们却失去了好奇与珍重之心，社会的物质生活虽然丰裕，我也觉得仍然像生活在精神一片荒芜的二十多年前。

阅读感悟：

与许多作家喜欢回忆物质生活的贫乏不同，作者首先回忆了自己青少年时期精神生活的匮乏，接着写到了小学时代对字典、词典的渴望。在写去镇上照相之前，作者先写了他和伙伴们登上山顶，对镇子的瞭望，很好地烘托了孩子们对小镇的向往。在面对近在眼前却无法购买的词典时，他流下了绝望的泪水。作者对流泪时心情的描写令人感动。好在经过考验，他终于破例买到了词典。这本来之不易的词典，让作者对好书充满异样的感情。文章最后很好地照应了开头，提醒今天的孩子们，如果失去对精神食粮的好奇与珍重之心，就会和处在作者少年时精神荒芜的时代一样可怕。文中"这位阿姨甚至因此变得漂亮起来"一句，既幽默，又符合一个孩子的心理。你能说说为什么阿姨"因此变得漂亮起来"了吗？

妹妹

刘庆邦 / 著

导读：

这是一篇催人泪下的散文。由于贫困，成绩在班里数一数二的二姐失学了，妹妹却从来没有上过学。生活的残酷，折磨着本应相亲相爱的一家人。小说家刘庆邦在真诚地回忆妹妹失学和自己的少年往事的时候，眼中一定溢满了泪水。

我妹妹不识字，她一天学都没上过。我们姐弟六个，活下来五个。大姐、二姐各上过三年学。我上过九年学。弟弟上了大学。只有我妹妹的脚从未踩过学校的门口。

不管是男孩子，还是女孩子，我们姐弟都很喜欢读书。比如我二姐，她比我大两岁。因村里办学晚了，二姐与我在同一个班、同一个年级。二姐学习成绩很好，在班里数一数二。1960年夏天，我父亲病逝后，母亲就不让二姐再上学了。那天正吃午饭，二姐一听说不让她上学，连饭也不吃了，放下饭碗就要到学校里去。母亲抓住她，不让她去。她使劲往外挣。母亲就打她。二姐不服，哭的声音很大，还躺在地上打滚儿。母亲的火气上来了，抓过一只笤帚疙瘩，把二姐打得更厉害了。与我家同住在一个院的堂婶儿看不过去，说哪有这样打孩子的，要母亲别打了。母亲这才说了自己的难处。母亲说，几个孩子嘴都顾不上了，能挣个活命就不错了，哪能都上学呢！母亲也哭了。见母亲一哭，二姐没有再坚持去上学，她又哭了一会儿，然后就爬起来到地里去薅草了。从那天起，二姐就失学了。

　　我很庆幸，母亲没有说不让我继续上学的事。

　　妹妹比我小三岁。在二姐失学的时候，妹妹也到了上学的年龄。母亲没有让我妹妹去上学，妹妹自己好像也没提出过上学的要求。我们全家似乎都把妹妹该上学的事忘记了。妹妹当时的任务是看管我们的小弟弟。小弟弟有残疾，是个罗锅腰。我嫌他太难看，放学后，或是星期天，我从不愿意带他玩。他特别希望跟我这个当哥哥的出去玩，我不带他，他就大哭。他哭我也不管，只管甩下他，然后自己跑走了。他只会在地上爬，不会站起来走，反正他追不上我。一跑到院子门口，我就躲到墙角后面观察他，等他觉得没希望了，哭得不那么厉害了，我才悄悄溜走。平日里，都是我妹妹带他玩。妹妹让小弟弟搂紧她的脖子，她双手托着小弟弟的两条腿，把小弟弟背到这家，背到那家。她用泥巴给小弟弟捏小黄狗，用高粱篾子给小弟弟编花喜鹊，还把小弟弟的头发朝上扎起来，再绑上朵石榴花。有时，她还背着小弟弟到田野里去，走得很远，带小弟弟去看满坡的麦子。妹妹从来不嫌弃小弟弟长得难看，谁要是指出小弟弟是个罗锅腰，妹妹就跟人家生气。

妹妹还会捉鱼。她用竹篮子在水塘里捉些小鱼儿，然后炒熟了给小弟弟吃。那时，我们家吃不起油，妹妹炒鱼时只能放一点盐。我闻到炒熟的小鱼儿的香味，也想吃。我骗小弟弟，说替他拿着小鱼儿，他吃一个，我就给他发一个。结果，最后有一半小鱼儿跑到我肚子里去了，小弟弟再伸手跟我要，就没有了。小弟弟突然病死后，我想起了这件事，觉得非常痛心，非常对不起小弟弟。于是我狠狠地哭，哭得浑身抽搐，四肢麻木，几乎昏死过去。母亲赶紧找来一个老先生，让人家给我扎了几针，放出几滴血，我才缓过来了。

我妹妹下面还有一个弟弟，是我们的二弟弟。二弟弟到了上学年龄，母亲按时让他上学去了。这时候，母亲仍没有让妹妹去上学。妹妹没有跟二弟弟攀比，似乎也没有什么怨言，每天照样下地薅草，拾柴，放羊。大姐、二姐都在生产队里干活儿，挣工分。妹妹还小，队里不让她挣工分，她只能给家里干些放羊、拾柴的小活儿。我们家做饭烧的柴草，多半是妹妹拾来的。妹妹一天接一天地把小羊放大了，母亲把羊牵到集上卖掉，换来的钱一半给我和二弟弟交了学费，另一半买了一只小猪娃。这些情况我当时并不完全知道。妹妹每天下地，我每天上学，我们很少在一起。中午我回家吃饭，往往看见妹妹背着大筐青草从地里回来。我们家养猪很少喂粮食，都是给猪喂青草。妹妹每天至少要给猪薅两大筐青草，才能把猪喂饱。妹妹的脸晒得通红，头发和辫子都毛茸茸的，汗水浸湿了打着补丁的衣衫。我对妹妹不是很关心，看见她也跟没看见差不多，很少和她说话。妹妹每天薅草，喂猪，我当时没觉得有什么不正常。至于家里让谁上学，不让谁上学，那是母亲的事，不是我的事。

妹妹是很聪明的，学东西很快，记性也好。我们村有一个老奶奶，会唱不少小曲儿。下雨天或下雪天，妹妹到老奶奶家去听小曲儿，听几遍就把小曲儿学会了。妹妹把小曲儿唱得声音颤颤的，虽说有点胆怯，却比老奶奶唱得还要好听许多。我们在学校里唱的歌，妹妹也会唱。我想，一定是我们在教室里学唱歌时，被妹妹听到了。我们的教室是土坯房，房四周裂着不少缝子，一唱歌，声音能传出很远。妹妹也许那会儿正在教室后面的坑边薅草，一听到歌声就被吸引住了。妹妹不是学生，没有资格进教室，她就跟着从墙缝子里冒出来的歌声学。不然的话，妹妹不会那么快就把我们刚学会的歌也学会了。我敢说，妹妹要是上学的话，肯定是一个好学生，学习成绩一定很好，在班里不能拿第一名，也能拿第二名。可惜得很，妹妹一直没得到上学的机会。

我考上镇里的中学后，就开始住校，每星期只回家一次。我星期六下午回家，星期天下午按时返校。我回家一般也不干活儿，主要目的是回家拿吃的。母亲为我准备下够一个星期吃的由红薯片磨成的面，我带上就走了。秋季的一个星期天，我又该往学校背面了，可家里一点面也没有了。夏季分的粮食已经吃完了，秋季的庄稼还没完全成熟，怎么办呢？我还要到学校上晚自习，就怏怏不乐地走了。我头天晚上没吃饭，第二天早上也没吃东西，一直饿着肚子坚持上课。那天下着小雨，秋风吹得窗外的杨树叶子哗哗响，我身上一阵阵发冷。上完第二节课，课间休息时，同学们都出去了，我一个人在教室里待着。有个同学告诉我，外面有人找我。我出去看，是妹妹来了。她靠在一棵树后，很胆怯的样子。妹妹的衣服被雨淋湿了，打成一绺的头发粘在她的额头上。她从怀里掏出一块黑色的毛巾递给我。我认出这是母亲天天戴的头巾。里面包的是几块红薯，红薯还热乎着，冒着微微的白汽。妹妹说，这是母亲从自留地里扒的，红薯还没长开个儿，扒了好几棵才这么多。我饿急了，拿过红薯就吃，噎得我胸口直疼。我事后才知道，妹妹冒着雨在外面整整等了我一个课时。她以前从未来过我们学校，见很大的校园里绿树成荫，鸦雀无声，一排排教室里同学们正在上课，就躲在一棵树后，不敢问，也不敢走动。她又怕我饿得受不住，急得都快哭了。直到下课，有同学问她，她才说是来找我的。

　　后来，我到外地参加工作后，给大姐、二姐都写过信，就是没给妹妹写过信。妹妹不识字，给她写信她也不会看。这时我才想到，妹妹也该上学的，哪怕像两个姐姐那样，只上几年学也好呀。妹妹出嫁后，有一次回家，问我母亲，为什么她小时候不让她上学。妹妹一定是有了不识字的难处，才向母亲问这个问题的。母亲把这话告诉我了，意思是埋怨妹妹不该翻旧账。我听后，一下子觉得十分伤感。我觉得这不是母亲的责任，是我这个长子、长兄的责任。母亲一心供我上学，就没能力供妹妹上学了。实际上，是我剥夺了妹妹上学的权利，或者说是妹妹为我做出了牺牲。牺牲的结果就是，我妹妹这辈子都是一个睁眼瞎啊！

在单位，一听说为"希望工程"捐款，我就争取多捐。因为我想起了我妹妹。有一年春天，我到陕西一家贫困矿工家里采访。这家有一个正上小学六年级的女孩子，还是班长和少先队的大队长。我刚跟女孩子的母亲说了几句话，女孩子就扭过脸去哭了起来。因为女孩子的父亲因意外事故死去了，家里交不起学费，女孩子正面临失学的危险。这种情况让我马上想到了我二姐，还有我妹妹。我的眼泪哗啦啦地流，哽咽得说不成话，采访也进行不下去了。我掏出一点钱，给女孩子的母亲，让她给女孩子交学费，千万别让女孩子失学。

我想过，给"希望工程"捐款也好，替别的女孩子交学费也好，都不能给我妹妹弥补什么。可是，我有什么办法呢？

阅读感悟：

这篇散文会让我们读了感到心痛。作者像是撕开了一个沉积多年的伤口，让我们从中感受到了一个时代人们生活的悲哀。母亲阻拦二姐上学时对二姐的毒打，"我"对罗锅腰小弟弟的冷漠，对妹妹失学的漠不关心……让我们看到贫穷和饥饿是怎样扭曲了一家人的情感方式。文章用较多的笔墨，写了妹妹对小弟弟的爱护，对家庭的付出，妹妹学东西快，唱歌好听，写妹妹在秋雨中为"我"送红薯的往事，表达了作者对妹妹失学的惋惜。而写到自己很少给妹妹写信、为希望工程捐款、采访时的痛哭，又都表达了作者的愧悔与内疚。刘庆邦是一位同情弱者、富有社会良知的作家，他的作品在对残酷现实生活的描写中，为民族保留了苦难的记忆，激发人们对社会不幸进行反思，也激励着人们去追求更加美好的生活。

幸福在哪里

在人生中,每个人都希望得到幸福,可什么才是真正的幸福,幸福在哪儿呢?这三篇童话,或许可以为你找到幸福提供一点启示。

乞丐和幸福

阿拉伯童话

曹世文、张 谦/译

导读：
　　乞丐诅咒命运，命运让幸福来帮乞丐。幸福把乞丐带到了藏宝洞，这里的珍宝，他想要多少就要多少。这么好的事儿，让乞丐得到他的幸福了吗？

　　有一天傍晚，乞丐回家去。一路上，他诅咒自己的命运，大声抱怨说：
　　"幸福呀……它在哪儿？叫这个幸福受到诅咒吧！"
　　命运希望幸福回答，并且在乞丐抱怨和呻吟时降临。瞧，乞丐的话音刚落，幸福就抓住他的手说：
　　"到我那儿去吧。别害怕，我就是你的幸福。"
　　幸福把他举到天上，送到很远很远的地方，然后把他放到一个洞口，说：

"洞里藏着人间珍宝，你下去，想取什么就取什么吧。可别取得太多。你背的宝物要少，才能背到家。你要走的路漫长而艰难，而且你走路只有一个人，没有同伴。如果你把宝物掉到地上，你就永远丧失它了。你要清醒明智，不要贪得无厌。"

幸福说完就不见了。乞丐下得洞来，一见奇珍异宝琳琅满目，顿时眼花缭乱，他开始抓最漂亮的宝物，装满了口袋。一个钟头后，他背着沉重的口袋走出山洞。

乞丐背着口袋走了几步，就累得气喘吁吁，汗流浃背。他感到筋疲力尽，再也背不动口袋了。

"要是我把口袋放在地上，叫它滚着走，会怎么样呢？"他想了想，

"我把宝物滚到家里，是不会损坏的。"

他就这样做了。乞丐滚动着装得满满登登的口袋，为得到一笔财产而扬扬自得，心花怒放。差不多到了自己家门口时，他伸直了腰，可是口袋忽然不见了。乞丐瞪着眼，咧着嘴，双手不停地甩着，环顾四周，又喊又哭起来，诅咒自己的厄运。

就在这时，幸福又出现了。它怒气冲冲地瞪了乞丐几眼，说：

"你对自己和自己的幸福是有罪的，什么也无法使你满足，任何财产你都嫌不够。已经给了你很多宝物，你应该能背走多少就拿多少才是。可是你贪得无厌，不自量力。现在你丧失了一切。但愿这件事能使你吸取教训，学会凡事适可而止。"

阅读感悟：

　　这篇童话的寓意，就藏在故事末尾幸福对乞丐所讲的话里，你看到了吗？人之所以得不到幸福，往往是由于欲望太多。贪得无厌，又不自量力，会让人离幸福越来越远。这篇童话在表现乞丐抓取和带走珍宝时，使用了许多成语。这些成语有什么用意，表现了乞丐怎样的心理，你能说一说吗？

阿南德的幸福

蒙古童话

曹世文、张 谦 / 译

导读：

这是一篇无论故事和主题都超棒的民间童话。故事用了对比的写法，讲述了穷牧民的儿子阿南德与富牧民的儿子布姆巴的故事。两个人的追求与所做的事情不同，最后得到的结果也不一样。他们分别经历了什么呢？

草原上并排搭着两个毡房。一个毡房里住着一位穷牧民，另一个毡房里住着一位富牧民。这两位牧民都有个儿子。穷牧民的儿子叫阿南德，富牧民的儿子叫布姆巴。

阿南德十岁时，父亲唤他到跟前，说：

"到城里去给富翁当仆人，白天侍候主人，晚上读书写字。要知道，不幸总是害怕有文化的人而回避他。"

离开家以前，阿南德到邻居家里去，招呼布姆巴和他一道去学文化。

布姆巴把手一挥,扭过头去,说:

"念书不会有幸福,有钱才有幸福。我父亲有上千头羊,我干吗要念书?我这就够幸福的了,想吃多少就吃多少。"

阿南德进了城,在一个官吏家里当仆人。他白天侍候主人,夜里当主人睡下时,就读书写字。

过了两年,阿南德书读得快,字写得好了。

他回到父亲那里,说:

"我按您的吩咐办了,学会了读书写字。"

父亲夸奖了儿子,当他们躺下睡觉时,说:

"明天你再进城去。我希望你学会吹长笛。好乐师赛过神仙,他能使凶恶的人微笑,把残酷的心变得善良。"

阿南德不愿离开故里,但他不能违拗父亲的旨意。

阿南德去找布姆巴,又招呼他一道去。

"我干吗要吹长笛?"布姆巴说,"只要有金银,我十个乐师都雇得起!"

阿南德来到城里,又给官吏当仆人。当夜色降临,官吏睡下时,阿南德到城市的另一头去。那里住着一位老乐师。他擅长吹长笛,但不会读书写字。乐师对阿南德说:

"你教我念书,我教你吹长笛。"

阿南德半夜里到乐师那儿去了六百次,不管风霜雨雪,也不管寒冬酷暑,从不间断。有一天乐师终于对他说:

"现在你比我吹得好,可以回去见父亲了。谢谢你教会我读书。"

阿南德回到家里，父亲听了他的吹奏，十分满意。就寝时，父亲说：

"明天你再进城去，我希望你学会下象棋。"

早晨，阿南德离开了故乡，布姆巴得知了这件事，便嘲笑道：

"他父亲不爱阿南德，所以老是撵他走！"

阿南德学了六百天棋艺。他棋艺精湛，没有人能比得上他。

阿南德满心欢喜地回到家里。可是家里发生了不幸。当他在城里学下棋时，他年迈的父亲害病亡故了。父亲的毡房里住进了一伙强盗。强盗见了阿南德，说：

"明天凌晨我们去盗马。我们带你一同去。你得给我们帮忙。不去就砍掉你的脑袋。"

凌晨，强盗出发了，把阿南德也带去了。他回头一看，只见后面跟着布姆巴。强盗也强迫他一起去。他们走呀，走呀，来到一个湖边，在那儿歇息。阿南德瞅了瞅这帮强盗，心里感到可怕，因为他们一个个面目凶恶。他立刻想起了父亲的话："好乐师赛过神仙，他能使凶恶的人微笑，把残酷的心变得善良。"

阿南德人不知鬼不觉地割下一根芦秆，用它做了一支长笛，吹奏起了忧伤的曲调。

阿南德吹得动听极了，竟使强盗忘记了去向。他们听着忧伤的曲调，面目变得越来越和善了。阿南德奏罢长笛，强盗大叫起来：

"再吹！你能吹多久就吹多久！我们从来没听过这样动听的

音乐！"

阿南德又吹奏起来，一直吹到日头偏西。这时匪首说：

"为了嘉奖你的技艺，我们放你走。你有什么要求，可以尽管提出来。"

阿南德向布姆巴一指，说：

"把他也放了，给我们好马。"

强盗问布姆巴：

"你会做什么？"

"我什么也不会。"

强盗们说：

"我们不放你。什么也不会干的人，一定会成为一个厉害的贼！"

阿南德独自骑上马，来到一个牧民宿营地，他没有钱，也没有吃的，不知道往后怎样生活。

宿营地里有一个大白毡房，里面储存着足够一百个人吃饱的食物。毡房的主人是个又贪婪又凶狠的大财主。全宿营地只有他一个人会写字。谁给他干了七天的活儿，他就给一张字条，凭条子才可以从白毡房里领到一些肉、脂油、盐巴和砖茶。

阿南德知道了这件事，便写了一百张字条，分发给挨饿的牧民。牧民来到白毡房前，把字条交给看守人员，就把食物全都领走了。这一天，穷人们破天荒第一次吃饱了。

善良的人们对阿南德说：

"谢谢你使我们吃饱了。现在你赶快离开这个地方吧，不然，要是财主抓住你，会下令把你绑在马尾巴上的！"

阿南德听从了善良的人们的话。他来到邻近的一个公国，那里人们一个个愁容满面，听不到笑声，看不见笑脸。

他问，为什么人们都愁眉苦脸。居民回答说：

"我们的王公非常喜欢下象棋。士兵每天随意抓人，带到王公那儿下棋。谁输了，就被砍头。"

阿南德问道：

"要是王公输了，那怎么办呢？"

居民说："王公一次也没输过。我们王公的棋艺比所有的人都高超。"

阿南德走近王公的毡房，看见不远处有一个人正在悲伤地哭泣。阿商德仔细一看，原来是布姆巴。

"你哭什么？"阿南德问道。

"我老是碰到倒霉事。"布姆巴哼哼唧唧地说。

"我好不容易才逃出强盗的魔掌，现在王公的士兵又把我抓住，强迫我和王公下棋！"

"真糟糕！"阿南德说，"你要脑袋搬家啦！"

布姆巴又哭起来，哀求道：

"你教我下象棋吧，兴许我能赢王公哪！"

阿南德答道：

"看来，你忘了'学坏容易学好难'这句谚语了。"

这当儿，王公走出毡房，命令在毡房旁边摆一张小桌，开始和布姆巴下棋。布姆巴下错了第一步棋，接着又走错了第二步棋，第三步就输了这一盘棋。

王公抽出马刀，举了起来，要砍掉布姆巴的脑袋。在这千钧一发之际，阿南德上前向王公禀报：

"请稍候一会儿再杀他，和我下一盘棋吧！如果我输了，就砍掉我们俩的脑袋。"

"好吧。"王公同意了，"看样子，你活腻了！坐下，咱们下一盘！"

阿南德落座，问道：

"如果我输了，就要掉脑袋；如果你输了，那该怎么办呢？"

王公笑了起来：

"我从来没输过，更不会输给你这样的黄口小儿！如果你赢了，我保证满足你提出的任何要求。"

他们开始下棋。周围聚集了许多人，挤得水泄不通。不到一个钟头，阿南德赢了王公。

王公窝了一肚子火，从地毯上暴跳起来，可是无可奈何，因为他答应过，如果他输了，就满足阿南德的任何要求。

阿南德说："我有一个请求：从今以后在你的公国里废除死刑。"

人们听了，齐声高呼：

"说得对！说得对！"

王公一看，他已无能为力，便下令宣布：

"从今以后在我的公国里废除死刑。"

布姆巴一下子扑到阿南德身上，紧紧地拥抱他，说：

"你赢了王公,真幸福啊!"

阿南德说:

"我得到了三次幸福!我之所以幸福,是因为听了父亲的话;我之所以幸福,是因为我从小学会了干活;我之所以幸福,是因为我的劳动使凶恶的人变得善良,把残酷的人变得软弱无力。"

阅读感悟:

  阿南德学习读书写字,学习吹长笛,学习下棋,最后都派上了用场:他用音乐感化了强盗,用写字帮穷人领到了食物,用下棋解救了布姆巴。阿南德尊重父亲、勤劳、爱学习、善良、乐于助人,真是一个幸福的人。而布姆巴由于不学无术,险些送命。故事最后让阿南德拯救了布姆巴,是一个富有温情的结局。这篇童话的故事情节一波三折,引人入胜。而散布在其中的许多警句(比如:"不幸总是害怕有文化的人而回避他。""好乐师赛过神仙;他能使凶恶的人微笑,把残酷的心变得善良。""什么也不会干的人,一定会成为一个厉害的贼。")蕴含着丰富的生活哲理,就像项链中镶嵌的珍珠和宝石,让这篇童话充满了智慧,更富有魅力。记住这些话,并将其运用于生活,一定会让你一生受益的。

幸福人的衬衣

（意）卡尔维诺 / 著

刘宪之 / 译

导读：
　　卡尔维诺是意大利杰出的作家，他曾对流行于意大利的民间童话进行过认真整理，出版了《意大利童话》。这些民间童话在他的加工润色下，大放异彩，深受全世界读者的喜爱。在这篇故事里，一位王子总是闷闷不乐，只有与一位完全幸福的人调换一下衬衣，才能够使他变得幸福起来。王子最后得到幸福了吗？故事里有答案。

　　从前有个国王，他对独生儿子特别好，视若掌上明珠。可是王子总是闷闷不乐，每天在窗前呆望天空，消磨时光。
　　"你到底缺什么呢？"国王问道，"哪儿不称心呢？"
　　"爸爸，我自己也搞不清楚。"
　　"你恋爱了？如果你喜欢哪个姑娘，告诉我，我会为你操办的，使你跟她结婚，不论她是最强大的国家的公主，还是世上最贫寒的农家姑娘，我都可以办得到！"

"不，爸爸，我没有恋爱。"

国王千方百计地想使儿子快活起来，可是，给他看戏、举办舞会或音乐会都无济于事，王子的脸庞失去了往日的红润，渐渐消瘦了。

国王发布了招贤榜。于是，一些最有学问的哲学家、博士、教授从世界各地纷纷赶来。国王让他们看了王子，并征询他们的意见。这些聪明的学者思考了一阵之后，回来见国王说："陛下，我们仔细地考虑了王子的情况，还研究了星相，认为您必须做这样一件事：找个幸福的人，一个完全幸福的人，把您儿子的衬衣跟他的衬衣调换一下。"

当天，国王就派出大使到世界各地去寻找幸福的人。

一个神父被召来见国王。"你幸福吗？"国王问道。

"是的，我确实很幸福，陛下。"

"很好。你做我的主教怎么样？"

"啊，陛下，我求之不得！"

"滚！给我滚得远远的！我要找的是自身感到幸福的人，而不是总想得寸进尺的人。"

于是，又重新开始搜寻。不久，国王听说有位邻国国王，人们都说他是个真正幸福的人。他有个贤惠、美丽的妻子，而且子孙满堂；他制服了所有的敌人，国家康泰安宁。于是，国王又有了希望，马上派使臣去见他，想向他要一件衬衣。

邻国的国王接见了使臣，说："不错，凡是人们想要的东西我的确都有了。不过，我仍然满腹忧愁，因为总有一天，我不得不扔下这一切离开人世。为这事，我夜里连觉也睡不着呢。"使臣想，还是不带回这位国王的衬衣为妙。

国王没办法，便去打猎散心。他开枪打中了一只野兔，但只是伤了它。野兔瘸着三条腿奔跑着。国王追赶着野兔，把随从远远地抛在后面。在树林外的旷野里，国王听到有人在唱歌，便收住了脚步。"这样唱歌的人一定是个幸福的人！"歌声把他引到了一座葡萄园。在那儿，他发现一个小伙子唱着歌在修剪葡萄藤。

"您好，陛下。"小伙子问道，"这么早您就到乡下来啦？"

"天哪！你愿意我把你带到京都去吗？你将成为我的朋友。"

"多谢您了，陛下，这种事儿我根本不想，即使罗马教皇跟我换个位子我也不干呢。"

"为什么不呢？像你这样能干的小伙子……"

"不，不，跟您说吧，我对我现有的一切感到心满意足了，其他毫无所求。"

"我终于找到了一个幸福的人！"国王想，"听着，小伙子，帮我一下吧。"

"只要能做到的，陛下，我一定尽力效劳。"

"等等。"国王说道。他再也按捺不住内心的喜悦，跑回去对他的随从说："跟我来，我的儿子有救了！我的儿子有救了！"接着，他带着他们来到小伙子身边。"我的好小伙子，"他说，"不管你想要什么我都会给你的；但是，给我……给我……"

"给您什么，陛下？"

"我的儿子快要死了！只有你能救他。快过来！"

国王一把抓住小伙子，去解他上衣的扣子。突然，国王停住了，垂下了双手。

这个幸福的人没有穿衬衣。

阅读感悟：

国王费尽周折，为拯救儿子的幸福，终于找到了一个完全幸福的人。可是，这个幸福的人却没有穿衬衣。或许，他穷得连一件衬衣都没有，但他却能够在知足、乐观的劳动中获得幸福。王子最后得到幸福了吗？不知道，故事故意留下了悬念。这篇童话表现了怎样的主题呢？其实答案就在修剪葡萄藤的小伙子的话语里。卡尔维诺是杰出的语言大师，这篇童话的语言洋溢着诙谐幽默的趣味，对形形色色人物的刻画惟妙惟肖，很值得我们认真品读。

稻草人的故事

稻草人是用稻草扎成的人偶，放在田野里，用来驱赶麻雀等小动物，以免庄稼的种子或幼苗被吃或遭到破坏。稻草人虽然具有人的肢体外形，却不可能有人的生命和思想情感。然而，在童话与诗歌里，稻草人却可以拥有生命和心灵。本单元所选的，是关于稻草人的作品。

稻草人

叶圣陶 / 著

导读：

　　这篇童话作于1922年，是中国现代文学中最早的童话作品，"是给中国的童话开了一条自己创作的路的"（鲁迅）。童话，通常有着梦幻般的想象，很少关注社会现实。叶圣陶先生是"文学研究会"的主要作家，重视作品对社会和人生现实的反映。他借一个稻草人的眼睛和心灵，向人们展示了当时悲惨的社会现实。稻草人看到了什么，又做了什么呢？

　　田野里白天的风景和情形，有诗人把它写成美妙的诗，有画家把它画成生动的画。到了夜间，诗人喝了酒，有些醉了；画家呢，正在抱着精致的乐器低低地唱，都没有工夫到田野里来。那么，还有谁把田野里夜间的风景和情形告诉人们呢？有，还有，就是稻草人。

　　基督教里的人说，人是上帝亲手造的。且不问这句话对不对，咱们可以套一句说，稻草人是农人亲手造的。他的骨架子是竹园里的细竹枝，他的肌肉、皮肤是隔年的黄稻草。破竹篮子、残荷叶都可以做他的帽子；帽子下面的脸平板板的，分不清哪里是鼻子，哪里是眼睛。他的手没有手指，却拿着一把破扇子——其实也不能算拿，不过用线拴住扇柄挂在手上罢了。他的骨架子长得很，脚底下还有一段，农人把这一段插在田地中间的泥土里，他就整天整夜站在那里了。

稻草人非常尽责任。要是拿牛跟他比，牛比他懒怠多了，有时躺在地上，抬起头看天。要是拿狗跟他比，狗比他顽皮多了，有时到处乱跑，累得主人四处去找寻。他从来不嫌烦，像牛那样躺着看天；也从来不贪玩，像狗那样到处乱跑。他安安静静地看着田地，手里的扇子轻轻摇动，赶走那些飞来的小雀，他们是来吃新结的稻穗的。他不吃饭，也不睡觉，就是坐下歇一歇也不肯，总是直挺挺地站在那里。

这是当然的，田野里夜间的风景和情形，只有稻草人知道得最清楚，也知道得最多。他知道露水怎么样洒在草叶上，露水的味道怎么样香甜；他知道星星怎么样眨眼，月亮怎么样笑；他知道夜间的田野怎么样沉静，花草树木怎么样酣睡；他知道小虫们怎么样你找我、我找你，蝴蝶们怎么样恋爱。总之，夜间的一切他都知道得清清楚楚。

以下就讲讲稻草人在夜间遇见的几件事情。

一个满天星斗的夜里，他看守着田地，手里的扇子轻轻摇动。新出的稻穗一个挨一个，星光射在上面，有些发亮，像顶着一层水珠；有一点儿风，就沙拉沙拉地响。稻草人看着，心里很高兴。他想，今年的收成一定可以使他的主人——一个可怜的老太太——笑一笑了。她以前哪里笑过呢？八九年前，她的丈夫死了。她想起来就哭，眼睛到现在还红着；而且成了毛病，动不动就流泪。她只有一个儿子，娘儿两个费苦力种这块田，足足有三年，才勉强把她丈夫的丧葬费还清。没想到儿子紧接着得了白喉，也死了。她当时昏过去了，后来就落了个心痛的毛病，常常犯。这回只剩她一个人了，老了，没有气力，还得用力耕种，又挨了三年，总算把儿子的丧葬费也还清了。可是接着两年闹水，稻子都淹了，不是烂了就是发了芽，她的眼泪流得更多了，眼睛受了伤，看东西模糊，稍微远一点儿就看不见。她的脸上满是皱纹，倒像个风干的橘子，哪里会露出笑容来呢！可是今年的稻子长得好，很壮实，雨水又不多，像是能丰收似的，所以稻草人替她高兴。想来到收割的那一天，她看见收的稻穗又大又饱满，这都是她自己的，总算没有白受累，脸上的皱纹一定会散开，露出安慰的满意的笑容吧。如果真有这一笑，在稻草人看来，那就比星星月亮的笑更可爱、更珍贵，因为他爱他的主人。

稻草人正在想的时候，一个小蛾飞来，是灰褐色的小蛾。他立刻认出那小蛾是稻子的仇敌，也就是主人的仇敌。从他的职务想，从他对主人的感情想，都必须把那小蛾赶跑了才是。于是他手里的扇子摇动起来。可是扇子的风很有限，不能够叫小蛾害怕。那小蛾飞了一会儿，落在一片稻叶上，简直像不觉得稻草人在那里驱逐似的。稻草人见小蛾落下了,心里非常着急。可是他的身子跟树木一样,定在泥土里,想往前移动半步也做不到;扇子尽管扇动,那小蛾却依旧稳稳地歇着。他想到将来田里的情形,想到主人的眼泪和干瘪的脸,又想到主人的命运,心里就像刀割一样。但是那小蛾是歇定了,不管怎么赶,他就是不动。

星星结队归去,一切夜景都隐没的时候,那小蛾才飞走了。稻草人仔细看那片稻叶,果然,叶尖卷起来了,上面留着好些蛾下的子。这使稻草人感到无限惊恐,心想祸事真个来了,越怕越躲不过。可怜的主人,她有的不过是两只模糊的眼睛;要告诉她,使她及早看见这个,才有挽救呢。他这么想着,扇子摇得更勤了。扇子常常碰在身体上,发出啪啪的声音。他不会叫喊,这是唯一的警告主人的法子了。

老妇人到田里来了。她弯着腰,看看田里的水正合适,不必再从河里车水进来。又看看她手种的稻子,全很壮实;摸摸稻穗,沉甸甸的。再看看那稻草人,帽子依旧戴得很正;扇子依旧拿在手里,摇动着,发出啪啪的声音;并且依旧站得很好,直挺挺的,位置没有动,样子也跟以前一模一样。她看一切事情都很好,就走上田岸,预备回家去搓草绳。

稻草人看见主人就要走了,急得不得了,连忙摇动扇子,想靠着这急迫的声音把主人留住。这声音里仿佛说:"我的主人,你不要去呀!你不要以为田里的一切事情都很好,天大的祸事已经在田里留下种子了。一旦发作起来,就要不可收拾,那时候,你就要流干了眼泪,揉碎了心;趁着现在赶早扑灭,还来得及。这,就在这一棵上,你看这棵稻子的叶尖呀!"他靠着扇子的声音反复地表示这个警告的意思;可是老妇人哪里懂得,她一步一步地走远了。他急得要命,还在使劲摇动扇子,直到主人的背影都望不见了,他才知道这警告是无效了。

除了稻草人以外,没有一个人为稻子发愁。他恨不得一下子跳过去,把那灾害的根苗扑灭了;又恨不得托风带个信,叫主人快快来铲除灾害。他的身体本来是瘦弱的,现在怀着愁闷,更显得憔悴了,连站直的劲儿也不再有,只是斜着肩、弯着腰,成了个病人的样子。

不到几天,在稻田里,蛾下的子变成的肉虫,到处都是了。夜深人静的时候,稻草人听见他们咬嚼稻叶的声音,也看见他们越吃越馋的嘴脸。渐渐地,一大片浓绿的稻全不见了,只剩下光秆儿。他痛心,不忍再看,想到主人今年的辛苦又只能换来眼泪和叹气,禁不住低头哭了。

这时候天气很凉了,又是在夜间的田野里,冷风吹得稻草人直打哆嗦;只因为他正在哭,没觉得。忽然传来一个女人的声音:"我当是谁呢,原来是你。"他吃了一惊,才觉得身上非常冷。但是有什么法子呢?他为了尽责任,而且行动不由自主,虽然冷,也只好站在那里。他看那个女人,原来是一个渔妇。田地的前面是一条河,那渔妇的船就停在河边,舱里露出一丝微弱的火光。她那时正在把撑起的鱼罾放到河底;鱼罾沉下去,她坐在岸上,等过一会儿把它拉起来。

舱里时常传出小孩子咳嗽的声音，又时常传出困乏的、细微的叫"妈"的声音。这使她很焦心，她用力拉罾，总像是不顺手，并且几乎回回是空的。舱里还是有声音，她就向舱里的病孩子说："你好好儿睡吧！等我得着鱼，明天给你煮粥吃。你总是叫我，叫得我心都乱了，怎么能得着鱼呢！"

孩子忍不住，还是喊："妈呀，把我渴坏了！给我点儿茶喝！"接着又是一阵咳嗽。

"这里哪来的茶！你老实一会儿吧，我的祖宗！"

"我渴死了！"孩子竟大声哭起来。在空旷的夜间的田野里，这哭声显得格外凄惨。

渔妇无可奈何，把拉罾的绳子放下，上了船，进了舱，拿起一个碗，从河里舀了一碗水，转身给病孩子喝。孩子一口气把水喝下去，他实在渴极了。可是碗刚放下，就又咳嗽起来；并且像是更厉害了，后来就只剩下喘气。

渔妇不能多管孩子，又上岸去拉她的罾。好久好久，舱里没有声音了，她的罾也不知又空了几回，才得着一条鲫鱼，有七八寸长。这是头一次收获，她很小心地把鱼从罾里取出来，放在一个木桶里，接着又把罾放下去。这个盛鱼的木桶就在稻草人的脚旁边。

这时候稻草人更加伤心了。他可怜那个病孩子，渴到那样，想一口茶喝都不成；病到那样，还不能跟母亲一起睡觉。他又可怜那个渔妇，在这寒冷的深夜里打算明天的粥，所以不得不硬着心肠把病孩子扔下不管。他恨不得自己去作柴，给孩子煮茶喝；恨不得自己去作褥，给孩子一些温暖；又恨不得夺下小肉虫的赃物，给渔妇煮粥吃。如果他能走，他一定立刻照着他的心愿做；但是不幸，他的身体跟树木一样，长在泥土里，连半步也不能动。他没有法子，越想越伤心，哭得更痛心了。忽然啪的一声，他吓了一跳，停住哭，看出了什么事情，原来是鲫鱼被扔在木桶里。

  这木桶里的水很少，鲫鱼躺在桶底上，只有靠下的一面能够沾一些潮润。鲫鱼很难过，想逃开，就用力向上跳。跳了好几回，都被高高的桶框挡住，依旧掉在桶底上，身体摔得很疼。鲫鱼的向上的一只眼睛看见稻草人，就哀求说："我的朋友，你暂且放下手里的扇子，救救我吧！我离开我的水里的家，就只有死了。好心的朋友，救救我吧！"

  听见鲫鱼这样恳切的哀求，稻草人非常心酸；但是他只能用力摇动自己的头。他的意思是说："请你原谅我，我是个柔弱无能的人哪！我的心不但愿意救你，并且愿意救那个捕你的妇人和她的孩子，还有你、妇人、孩子以外的一切受苦受难的。可是我跟树木一样，定在泥土里，连半步也不能自由移动，我怎么能照我的心愿做呢！请你原谅我，我是个柔弱无能的人哪！"

  鲫鱼不懂稻草人的意思，只看见他连连摇头，愤怒就像火一般地烧起来了。"这又是什么难事！你竟没有一点人心，只是摇头！原来我错了，自己的困难，为什么求别人呢！我应该自己干，想法子，不成，也不过一死罢了，这又算什么！"鲫鱼大声喊着，又用力向上跳，这回用了十二分力，连尾巴和胸鳍的尖端都挺起来。

稻草人见鲫鱼误解了他的意思，又没有方法向鲫鱼说明，心里很悲痛，就一面叹气一面哭。过了一会儿，他抬头看看，渔妇睡着了，一只手还拿着拉罾的绳；这是因为她太累了，虽然想着明天的粥，也终于支持不住了。桶里的鲫鱼呢？跳跃的声音听不见了，尾巴像是还在断断续续地拨动。稻草人想，这一夜是许多痛心的事都凑在一块儿了，真是个悲哀的夜！可是看那些吃稻叶的小强盗，他们高兴得很，吃饱了，正在光秆儿上跳舞呢。稻子的收成算完了，主人的衰老的力量又白费了，世界上还有比这更可怜的吗！

夜更暗了，连星星都显得无光。稻草人忽然觉得由侧面田岸上走来一个黑影，近了，仔细一看，原来是个女人，穿着肥大的短袄，头发很乱。她站住，望望停在河边的渔船；一转身，向着河岸走去；不多几步，又直挺挺地站在那里。稻草人觉得很奇怪，就留心看着她。

一种非常悲伤的声音从她的嘴里发出来，微弱，断断续续，只有听惯了夜间一切细小声音的稻草人才听得出。那声音是说："我不是一条牛，也不是一口猪，怎么能让你随便卖给人家！我要跑，不能等着你明天真卖给人家。你有一点儿钱，不是赌两场输了就是喝几天黄汤花了，管什么！你为什么一定要逼我？……只有死，除了死没路！死了，到地下找我的孩子去吧！"这些话又哪里成话呢，哭得抽抽搭搭的，声音都被搅乱了。

稻草人非常心惊，想又是一件惨痛的事情让他遇见了。她要寻死呢！他着急，想救她，自己也不知道为什么。他又摇起扇子来，想叫醒那个睡得很沉的渔妇。但是办不到，那渔妇跟死的一样，一动也不动。他恨自己，不该像树木一样，定在泥土里，连半步也不能动。见死不救不是罪恶吗？自己就正在犯着这种罪恶。这真是比死还难受的痛苦哇！"天哪，快亮吧！农人们快起来吧！鸟儿快飞去报信吧！风快吹散她寻死的念头吧！"他这样默默地祈祷；可是四围还是黑洞洞的，声音也没有一点点。他心碎了，怕看又不能不看，就胆怯地死盯着站在河边的黑影。

那女人沉默着站了一会儿，身子往前探了几探。稻草人知道可怕的时候到了，手里的扇子拍得更响。可是她并没跳，又直挺挺地站在那里。

又过了好大一会儿，她忽然举起胳膊，身体像倒下一样，向河里面窜去。稻草人看见这样，没等到听见她掉在水里的声音，就昏过去了。

第二天早晨，农人从河岸经过，发现河里有死尸，消息立刻传出去。左近的男男女女都跑来看。嘈杂的人声惊醒了酣睡的渔妇，她看那木桶里的鲫鱼，已经僵僵地死了。她提了木桶走回船舱；病孩子醒了，脸显得更瘦了，咳嗽也更加厉害。那老农妇也随着大家到河边来看；走过自己的稻田，顺便看了一眼。没想到，几天工夫，完了，稻叶稻穗都没有了，只留下直僵僵的光杆儿。她急得跺脚，捶胸，放声大哭。大家跑过来问，劝她，看见稻草人倒在田地中间。

阅读感悟：
  尽职尽责的稻草人心碎了，倒在田地中间。他亲眼看到不合理的社会中，那么多令人心碎的悲剧，虽有同情心，却没有力量帮助任何人。这篇童话里，寄托了作者对社会的忧虑和对下层劳动者的同情，也表现了他的悲愤和无奈。叶先生在晚年曾对他的儿子说："那个稻草人其实就是一个富有同情心，却没有办法和力量能够改变环境帮助别人的知识分子。"童话中对人物外貌、神情和景物的描写，都十分逼真。尤其是对稻草人心理的描写，非常真实感人。稻草人，其实是作者自己的化身。当作者不便于直接表达对社会的看法时，常常可以借助虚构的方法来反映现实。童话式的表达方式，常常是有良知的作家喜欢使用的。

稻草人

高 凯 / 著

导读：
　　这首题为《稻草人》的诗，是在写一个看守庄稼的稻草人呢，还是在写一个像稻草人一样看守庄稼的傻子？希望你可以从诗中找到答案。

在户外田地里看守庄稼的事
年年交给了一个傻子

每天只呆呆地站在那里
鸟们怎么会害怕这么一个人呢

也算是家里的一口人
却从来没有被人放在心上

这样一个命苦的人
恐怕不是爹妈的亲骨肉

一来到人世就无靠无依
前世肯定是个叫花子

落地却不能在黄土里生根的人
像一个躯体又像一个鬼魂

阅读感悟：
　　有人认为，这首诗把稻草人当作一个值得同情与怜悯的孤儿来写，表达了诗人对弱者的同情。也有人认为，这首诗写了一个农村的傻子，他年年到户外田地里看守庄稼，却像稻草人一样，并不能起到多大的作用，因为他没有在黄土中劳作、生存的能力。你是怎样理解这首诗的呢？

麻雀与稻草人

孙以苍 / 著

导读：
　　一群麻雀，起初由于害怕稻草人，不敢再啄食谷粒。最后，又是什么原因，使他们不再害怕稻草人了呢？

　　田里的谷子快要成熟了，茂盛的禾苗吐出长长的穗子，穗子上果实累累，闪耀着金黄色的光芒。麻雀见到可乐了，呼朋唤友、结队成群地飞来，到田里争食谷粒，叽叽喳喳地闹成一片。老农夫发现辛苦种植的稻谷，被麻雀啄得一塌糊涂，好不心疼！遂想出一条妙计，扎个稻草人，插在稻田中央，又在稻草人手中挂了两把扇子，迎风挥舞。麻雀看见大吃一惊，以为稻草人会把它们捉去，吓得四散逃走，躲得远远的。
　　过了一阵子，麻雀饥饿难忍。甜美可口的稻谷，引得它们垂涎欲滴，于是又相继飞回，站在田埂上观察动静，你一言我一语地商量对策。

"妈，我肚子好饿呀！可不可以到田里吃点东西？"麻雀弟弟跳到妈妈身边，仰头问道。"笨蛋，稻草人会伤害我们！"沉默了好久，一直在田埂凝神注视着稻草人的麻雀哥哥，忽然冲天飞起，在稻草人头上打了几个盘旋。然后大胆地降落在稻草人头上，又跳到稻草人肩上。稻草人依旧不闻不问，只顾舞弄扇子。麻雀哥哥得意地大嚷大笑。大伙看在眼里，乐得一窝蜂跳下田埂，兴高采烈地尽情享用一顿免费午餐。

"哥，你怎么知道稻草人不会伤害我们？"麻雀妹妹边吃边问。

"你真傻，我们在田埂上等了那么久，从没见老农夫给稻草人送饭，也没见稻草人吃任何东西。不会吃东西的人哪会做工？老农夫请他看守稻田，不过是虚张声势，吓唬吓唬我们而已。有什么好怕的！"麻雀哥哥判断说。

麻雀们吃饱了，欢欣鼓舞地在田里舞蹈高歌，它们唱道："啦啦啦，啦啦啦，稻草人伯伯不吃饭，哪里会工作？老农夫请他看稻田，实在不中用。哈，哈，哈哈！"

阅读感悟：

麻雀哥哥发现，老农夫从没给稻草人送过饭，因此断定，不吃东西的人不会做工。于是麻雀又开始啄食谷粒了，稻草人再也吓唬不住它们了。这则寓言好像要告诉我们：就像不吃饭的稻草人无法真正赶走偷吃谷粒的麻雀一样，任何事情如果不付出，就很难获得回报，只能徒有虚名。

有故事的雕塑

雕塑,是人们用木、石、金属、石膏、泥土等雕刻或塑造成的立体形象,常寄托着人们的精神向往。雕塑本是无生命的,而在作家笔下,雕像却可以成为有思想感情的人物,在他们身上,可以发生一幕幕感人的故事……

雕像

（黎）纪伯伦 / 著

吴 岩 / 译

导读：
　　一个雕像，倒在山野中时，无人留意；可被运进城里之后，它的命运发生了改变……

　　从前，有个人住在群山之间，他家有个雕像，是一位古代的大师制作的。雕像脸孔朝下倒在他家的大门口，他根本没有在意。

　　有个博学的人从城里出来，经过他的家，看到了这个雕像，他就问这雕像的主人，是否愿意出售。

　　主人哈哈大笑，说道："请问谁要买这块笨重肮脏的石头？"

　　城里人说道："我愿意出一块银元买它。"

　　山里人大为吃惊，喜出望外。

　　雕像放在一头大象的背脊上，运到了城里。过了几个月，那个山里人进城去了，他在大街上行走时，看到一大群人拥在一个铺子门口，有个人在高声喊着："请进来欣赏天下最美丽、最神奇的雕像吧。只要花两块银元，就可以瞧瞧艺术大师的这件最了不得的珍品。"

这山里人付了两块银元，踏进店里，瞧见了他自己以一块银元的价格售出的那个雕像。

阅读感悟：

在山里人眼中，一块银元比雕像更重要；而在城里人看来，雕像的价值远不止一块银元。这个故事虽短，蕴含的哲理却耐人寻味，经济学家甚至从中发现了商品的价值规律。最后，山里人花两块银元，欣赏到了他以一块银元卖掉的雕像，这样的结局很有讽刺意味。

快乐王子

（英）王尔德 / 著

巴　金 / 译

导读：
　　《快乐王子》是世界文学史中不朽的经典。开始阅读它时，你或许会觉得许多语句不易读懂。但随着年龄和人生经验的增长，相信你总会从中找到感动自己的句子。这样的作品，注定是心地善良、富有童心和喜欢诗的人们的最爱。

　　快乐王子的像在一根高圆柱上面，高高地耸立在城市的上空。他满身贴着薄薄的纯金叶子，一对蓝宝石做成他的眼睛，一颗大的红宝石嵌在他的剑柄上，灿烂地发着红光。

　　他的确得到一般人的称赞。一个市参议员为了表示自己有艺术的欣赏力，说"他像风信标那样漂亮"，不过他又害怕别人会把他看作一个不务实际的人（其实他并不是不务实际的），便加上一句，"只是他不及风信标那样有用"。

"为什么你不能像快乐王子那样呢？"一位聪明的母亲对她那个哭着要月亮的孩子说，"快乐王子连做梦也没想到会哭着要东西。"

"我真高兴世界上究竟还有一个人是很快乐的。"一个失意的人望着这座非常出色的像喃喃地说。

"他很像一个天使。"孤儿院的孩子们说，他们正从大教堂出来，披着光亮夺目的猩红色斗篷，束着洁白的遮胸。

"你们怎么知道？"数学先生说，"你们从没有见过一位天使。"

"啊！可是我们在梦里见过的。"孩子们答道。数学先生皱起眉头，板着面孔，因为他不赞成小孩子做梦。

某一个夜晚一只小燕子飞过城市的上空。他的朋友们六个星期以前就到埃及去了，但是他还留在后面，因为他恋着那根最美丽的芦苇。他还是在早春遇见她的，那时他正沿着河顺流飞去，追一只黄色飞蛾，她的细腰很引起他的注意，他便站住同她谈起话来。

"我可以爱你吗？"燕子说，他素来就有马上谈到本题的脾气。芦苇对他深深地弯一下腰，他便在她的身边不停地飞来飞去，用他的翅子点水，做出许多银色的涟漪。这便是他求爱的表示，他就这样地过了一整个夏天。

"这样的恋爱太可笑了，"别的燕子呢喃地说，"她没有钱，而且亲戚太多。"的确河边长满了芦苇，到处都是。后来秋天来了，他们都飞走了。

他们走了以后,他觉得寂寞,讨厌起他的爱人来了。他说:"她不讲话,我又害怕她是一个荡妇,因为她老是跟风调情。"这倒是真的,风一吹,芦苇就行着最动人的屈膝礼。他又说:"我相信她是惯于家居的,可是我喜欢旅行,那么我的妻子也应该喜欢旅行才成。"

"你愿意跟我走吗?"他最后忍不住了问她道。然而芦苇摇摇头,她非常依恋家。

"原来你从前是跟我寻开心的,"他叫道,"我现在到金字塔那边去了。再会吧!"他飞走了。

他飞了一个整天,晚上他到了这个城市。"我在什么地方过夜呢?"他说,"我希望城里已经给我预备了住处。"

随后他看见了立在高圆柱上面的那座像。他说:"我就在这儿过夜吧,这倒是一个空气新鲜的好地点。"他便飞下来,恰好停在快乐王子的两只脚中间。

"我找到一个金的睡房了。"他向四周看了一下,轻轻地对自己说,他打算睡觉了。但是他刚刚把头放到他的翅子下面去的时候,忽然大大的一滴水落到他身上来。"多么奇怪的事!"他叫起来,"天上没有一片云,星星非常明亮,可是下起雨来了。北欧的天气真可怕。芦苇素来喜欢雨,不过那只是她的自私。"

接着又落下了一滴。

"要是一座像不能够遮雨,那么它又有什么用处?"他说,"我应该找一个好的烟囱去。"他决定飞开了。

但是他还没有张开翅膀,第三滴水又落了下来,他仰起头去看,他看见——啊!他看见了什么呢?

快乐王子的眼里装满了泪水,泪珠沿着他的黄金的脸颊流下来。他的脸在月光里显得这么美,叫小燕子的心里也充满了怜悯。

"你是谁?"他问道。

"我是快乐王子。"

"那么你为什么哭呢?"燕子又问,"你看,你把我一身都打湿了。"

"从前我活着,有一颗人心的时候,"王子慢慢地答道,"我并不知道眼泪是什么东西,因为我那个时候住在无愁宫里,悲哀是不能够进去的。白天有人陪我在花园里玩,晚上我又在大厅里领头跳舞。花园的四周围着一道高墙,我就从没有想到去问人墙外是什么样的景象,我眼前的一切都是非常美的。我的臣子都称我作快乐王子,不错,如果欢娱可以算作快乐,我就的确是快乐的了。我这样地活着,我也这样地死去。我死了,他们就把我放在这儿,而且立得这么高,让我看得见我这个城市的一切丑恶和穷苦,我的心虽然是铅做的,我也忍不住哭了。"

"怎么,他并不是纯金的?"燕子轻轻地对自己说,他非常讲究礼貌,不肯高声谈论别人的私事。

"远远的,"王子用一种低微的、音乐似的声音说下去,"远远的,在一条小街上有一所穷人住的房子。一扇窗开着,我看见窗内有一个妇人坐在桌子旁边。她的脸很瘦,又带病容,她的一双手粗糙、发红,指头上满是针眼,因为她是一个裁缝。

她正在一件缎子衣服上绣花，绣的是西番莲，预备给皇后的最可爱的宫女在下一次宫中舞会里穿的。在这屋子的角落里，她的小孩躺在床上生病。他发热，嚷着要橙子吃。他母亲没有别的东西给他，只有河水，所以他在哭。燕子，燕子，小燕子，你肯把我剑柄上的红宝石取下来给她送去吗？我的脚钉牢在这个像座上，我动不了。"

"朋友们在埃及等我，"燕子说，"他们正在尼罗河上飞来飞去，同大朵的莲花谈话。他们不久就要到伟大的国王的坟墓里去睡眠了。那个国王自己也就睡在那里他的彩色的棺材里。他的身子是用黄布紧紧裹着的，而且还用了香料来保存它。一串浅绿色翡翠做成的链子系在他的颈项上，他的一只手就像是干枯的落叶。"

"燕子，燕子，小燕子，"王子要求说，"你难道不肯陪我过一夜，做一回我的信差么？那个孩子渴得太厉害了，他母亲太苦恼了。"

"我并不喜欢小孩，"燕子回答道，"我还记得上一个夏天，我停在河上的时候，有两个粗野的小孩，就是磨坊主人的儿子，他们常常丢石头打我。不消说他们是打不中的；我们燕子飞得极快，不会给他们打中，而且我还是出生于一个以敏捷出名的家庭，更不用害怕。不过这究竟是一种不客气的表示。"

然而快乐王子的面容显得那样的忧愁，叫小燕子的心也软下来了。他便说："这儿冷得很，不过我愿意陪你过一夜，我高兴做你的信差。"

"小燕子，谢谢你。"王子说。

燕子便从王子的剑柄上啄下了那块大红宝石，衔着它飞起来，飞过栉比的屋顶，向远处飞去了。

他飞过大教堂的塔顶，看见那里的大理石的天使雕像。他飞过王宫，听见了跳舞的声音。一个美貌的少女同她的情人正走到露台上来。"你看，星星多么好，爱的魔力多么大！"他对她说。"我希望我的衣服早点送来，赶得上大跳舞会，"她接口道，"我叫人在上面绣了西番莲花；可是那些女裁缝太懒了。"

他飞过河面，看见挂在船桅上的无数的灯笼，他又飞过犹太村，看见一些年老的犹太人在那里做生意讲价钱，把钱放在铜天平上面称着。最后他到了那所穷人的屋子，朝里面看去，小孩正发着热在床上翻来覆去，母亲已经睡熟，因为她太疲倦了。他跳进窗里，把红宝石放在桌上，就放在妇人的顶针旁边。过后他又轻轻地绕着床飞了一阵，用翅子扇着小孩的前额。"我觉得多么凉，"孩子说，"我一定好起来了。"他便沉沉地睡去了，他睡得很甜。

燕子回到快乐王子那里，把他做过的事讲给王子听。他又说："这倒是很奇怪的事，虽然天气这么冷，我却觉得很暖和。"

"那是因为你做了一件好事。"王子说。小燕子开始想起来，过后他睡着了。他有这样的一种习惯，只要一用思想，就会打瞌睡的。

天亮以后他飞下河去洗了一个澡。一位禽学教授走过桥上，看见了，便说："真是一件少有的事，冬天里会有燕子！"他便写了一封讲这件事的长信送给本地报纸发表。每个人都引用这封信,尽管信里有那么多他们不能了解的句子。

"今晚上我要到埃及去。"燕子说,他想到前途,心里非常高兴。他把城里所有的公共纪念物都参观过了,并且还在教堂的尖顶上坐了好一阵。不管他到什么地方,麻雀们都吱吱叫着,而且互相说:"这是一位多么显贵的生客!"因此他玩得非常高兴。

月亮上升的时候,他飞回到快乐王子那里。他问道:"你在埃及有什么事要我办吗?我就要动身了。"

"燕子,燕子,小燕子,"王子说,"你不肯陪我再过一夜么?"

"朋友们在埃及等我,"燕子回答道,"明天他们便要飞往尼罗河上游到第二瀑布去,在那儿河马睡在纸草中间,门农神坐在花岗石宝座上面。他整夜守着星星,到晓星发光的时候,他发出一声欢乐的叫喊,然后便沉默了。正午时分,成群的黄狮走下河边来饮水。他们有和绿柱玉一样的眼睛,他们的吼叫比瀑布的吼声还要响亮。"

"燕子,燕子,小燕子,"王子说,"远远地,在城的那一边,我看见一个年轻人住在顶楼里面。他埋着头在一张堆满稿纸的书桌上写字,手边一个大玻璃杯里放着一束枯萎的紫罗兰。他的头发是棕色的,乱蓬蓬的,他的嘴唇像石榴一样的红,他还有一对蒙眬的大眼睛。他在写一个戏,预备写成给戏院经理送去,可是他太冷了,不能够再写一个字。炉子里没有火,他又饿得头昏眼花了。"

"我愿意陪你再待一夜，"燕子说，他的确有好心肠，"你要我也给他送一块红宝石去吗？"

"唉！我现在没有红宝石了，"王子说，"我就只剩下一对眼睛。它们是用珍奇的蓝宝石做成的，这对蓝宝石还是一千年前在印度出产的，请你取出一颗来给他送去。他会把它卖给珠宝商，换钱来买食物、买木柴，好写完他的戏。"

"我亲爱的王子，我不能够这样做。"燕子说着哭起来了。

"燕子，燕子，小燕子，"王子说，"你就照我吩咐你的话做罢。"

燕子便取出王子的一只眼睛，往学生的顶楼飞去了。屋顶上有一个洞，要进去是很容易的，他便从洞里飞了进去。那个年轻人两只手托着脸颊，没有听见燕子的扑翅声，等到他抬起头来，却看见那颗美丽的蓝宝石在枯萎的紫罗兰上面了。

"现在开始有人赏识我了，"他叫道，"这是某一个钦佩我的人送来的。我现在可以写完我的戏了。"他露出很快乐的样子。

第二天燕子又飞到港口去。他坐在一只大船的桅杆上，望着水手们用粗绳把大箱子拖出船舱来。每只箱子上来的时候，他们就叫着："杭育！……""我要到埃及去了！"燕子嚷道，可是没有人注意他，等到月亮上升的时候，他又回到快乐王子那里去。

"我是来向你告别的。"他叫道。

"燕子，燕子，小燕子，"王子说，"你不肯陪我再过一夜么？"

"这是冬天了，"燕子答道，"寒冷的雪就快要到这儿来了，这时候在埃及，太阳照在浓绿的棕榈树上，很暖和，鳄鱼躺在泥沼里，懒洋洋地朝四面看。朋友们正在巴伯克的太阳神庙里筑巢，那些淡红的和雪白的鸽子在旁边望着，一面在讲情话。亲爱的王子，我一定要离开你了，不过我决不会忘记你，来年春天我要给你带回来两粒美丽的宝石，偿还你给了别人的那两颗。我带来的红宝石会比一朵红玫瑰更红，蓝宝石会比大海更蓝。"

"就在这下面的广场上，站着一个卖火柴的小女孩。"王子说，"她把她的火柴都掉在沟里了，它们全完了。要是她不带点钱回家，她的父亲会打她的，她现在正哭着。她没有鞋、没有袜，小小的头上没有一顶帽子。你把我另一只眼睛也取下来，拿去给她，那么她的父亲便不会打她了。"

"我愿意陪你再过一夜，"燕子说，"我却不能够取下你的眼睛。那个时候你就要变成瞎子了。"

"燕子，燕子，小燕子，"王子说，"你就照我吩咐你的话做罢。"

他便取下王子的另一只眼睛，带着它飞到下面去。他飞过卖火柴女孩的面前，把宝石轻轻放在她的手掌心里。"这是一块多么可爱的玻璃！"小女孩叫起来，她一面笑着跑回家去。

燕子又回到王子那儿。他说："你现在眼睛瞎了，我要永远跟你在一块儿。"

"不，小燕子，"这个可怜的王子说，"你应该到埃及去。"

"我要永远陪伴你。"燕子说。他就在王子的脚下睡了。

第二天他整天坐在王子的肩上，给王子讲起他在那些奇怪的国土上见到的种种事情。他讲起那些红色的朱鹭，它们排成长行站在尼罗河岸上,用它们的长嘴捕捉金鱼。他讲起斯芬克司,它活得跟世界一样久,住在沙漠里面,知道一切的事情。他讲起那些商人,他们手里捏着琥珀念珠,慢慢地跟着他们的骆驼走路;他讲起月山的王,他黑得像乌木,崇拜一块大的水晶。他讲起那条大绿蛇,它睡在棕榈树上,有二十个僧侣拿蜜糕喂它;他讲起那些侏儒,他们把扁平的大树叶当作小舟,载他们渡过大湖,又常常同蝴蝶发生战争。

"亲爱的小燕子,"王子说,"你给我讲了种种奇特的事情,可是最奇特的还是那许多男男女女的苦难。再没有比贫穷更不可思议的了。小燕子,你就在我这个城的上空飞一转罢,你告诉我你在这个城里见到些什么事情。"

燕子便在这个大城的上空飞着,他看见有钱人在他们的漂亮的住宅里作乐,乞丐们坐在大门外挨冻。他飞进阴暗的小巷里,看见那些饥饿的小孩伸出苍白的瘦脸没精打采地望着污秽的街道。在一道桥的桥洞下面躺着两个小孩,他们紧紧地搂在一起,想使身体得到一点温暖。"我们真饿啊!"他们说。"你们不要躺在这儿!"看守人吼道,他们只好站起来走进雨中去了。

他便回去把看见的景象告诉了王子。

"我满身贴着纯金,"王子说,"你给我把它一片一片地拿掉,拿去送给那些穷人,活着的人总以为金子能够使他们幸福。"

燕子把纯金一片一片地啄了下来,最后快乐王子就变成灰暗难看的了。他又把纯金一片一片地拿去送给那些穷人。小孩们的脸颊上现出了红色,他们在街上玩着,大声笑着。"我们现在有面包了。"他们这样叫道。

随后雪来了,严寒也到了。街道仿佛是用银子筑成的,它们是那么亮,那么光辉,长长的冰杜像水晶的短剑似的悬挂在檐前,每个行人都穿着皮衣,小孩们也戴上红帽子溜冰取乐。

可怜小燕子却一天比一天地更觉得冷了,可是他仍然不肯离开王子,他太爱王子了。他只有趁着面包师不注意的时候,在面包店门口啄一点面包屑吃,而且拍着翅膀来取暖。

但是最后他知道自己快要死了。他就只有一点气力,够他再飞到王子的肩上去一趟。"亲爱的王子,再见罢!"他喃喃地说,"你肯让我亲你的手吗?"

"小燕子,我很高兴你到底要到埃及去了,"王子说,"你在这儿住得太久了;不过你应该亲我的嘴唇,因为我爱你。"

"我现在不是到埃及去,"燕子说,"我是到死之家去的。听说死是睡的兄弟,不是吗?"

他吻了快乐王子的嘴唇,然后跌在王子的脚下,死了。

那个时候在这座像的内部忽然响起了一个奇怪的爆裂声,好像有什么东西破碎了似的。事实是王子的那颗铅心已经裂成两半了。这的确是一个极可怕的严寒天气。

第二天大清早市参议员们陪着市长在下面广场上散步。他们走过圆柱的时候,市长仰起头看快乐王子的像。"啊,快乐王子多么难看!"他说。

"的确很难看!"市参议员们齐声叫起来,他们平日总是附和市长的意见的,这时大家便走上去细看。

"他剑柄上的红宝石掉了,眼睛也没有了,他也不再是黄金的了,"市长说,"讲句老实话,他比一个讨饭的好不了多少!"

"比一个讨饭的好不了多少!"市参议员们说。

"他脚下还有一只死鸟!"市长又说,"我们的确应该发一个布告,禁止鸟死在这个地方。"书记员立刻把这个建议记录下来。

以后他们就把快乐王子的像拆下来了。大学的美术教授说:"他既然不再是美丽的,那么不再是有用的了。"

他们把这座像放在炉里熔化,市长便召集一个会来决定金属的用途。"自然,我们应该另外铸一座像,"他说,"那么就铸我的像吧。"

"不,还是铸我的像。"每个市参议员都这样说,他们争吵起来。我后来听见人谈起他们,据说他们还在争吵。

"真是一件古怪的事,"铸造厂的监工说,"这块破裂的铅心在炉里熔化不了。我们一定得把它扔掉。"他们便把它扔在一个垃圾堆上,那只死燕子也躺在那里。

"把这个城里两件最珍贵的东西给我拿来。"上帝对他的一个天使说。天使便把铅心和死鸟带到上帝面前。

"你选得不错,"上帝说,"因为我可以让这只小鸟永远在我天堂的园子里歌唱,让快乐王子住在我的金城里赞美我。"

阅读感悟：
　　城市中那么多不幸的人，让一尊冰冷的雕像都忍不住舍弃所有，去帮助他们。而政府官员却熟视无睹，毫不关心，这是一个怎样的社会呀！文学家巴金先生曾多次翻译这篇童话，他曾写道："我喜欢王尔德的童话，喜欢他对那不合理的社会制度的严正控诉，对贫苦人的深刻同情和在作品中表现出来的崇高灵魂。"这些，也是这篇童话中最感人的地方。此外，丰富而美妙的想象、富有画面感与诗意的场景描写、充满哲理的精美语言，都让这篇童话具有无与伦比的魅力。这篇作品虽然篇幅略长，但它带给我们的心灵营养与写作启示，相信也是宝贵而丰富的。

偶像的话

艾 青 / 著

导读：
　　塑像是不会讲话的。诗人艾青笔下，一座塑像却对众生发表了一番坦诚的谈话。"他"要讲些什么呢？

　　在那著名的古庙里，站立着一尊高大的塑像，人在他的旁边，伸直了手还摸不到他的膝盖。很多年以来，他都使看见的人不由自主地肃然起敬，感到自己的渺小、卑微，因而渴望着能得到他的拯救。

　　这尊塑像站了几百年了，他觉得这是一种苦役，对于热望从他得到援助的芸芸众生，明知是无能为力的，因此他由于羞愧而厌烦，最后终于向那些膜拜者说话了：

　　"众生啊，你们做的是多么可笑的事！你们以自己的模型创造了我，把我加以扩大，想从我身上发生一种威力，借以镇压你们不安定的精神，而我却害怕你们。

"我敢相信：你们之所以要创造我，完全是因为你们缺乏自信——请看吧，我比之你们能多些什么呢？而我却没有你们自己所具备的。

　　"你们假如更大胆些，把我捣碎了，从我的胸廓里是流不出一滴血来的。

　　"当然，我也知道，你们之创造我也是一种大胆的行为，因为你们尝试着要我成为一个同谋者，让我和你们一起，能欺骗更软弱的那些人。

　　"我已受够惩罚了，我站在这儿已几百年，你们的祖先把我塑造起来，以后你们一代一代为我的周身贴上金叶，使我能通体发亮，但我却嫌恶我的地位，正如我嫌恶虚伪一样。

　　"请把我捣碎吧，要么能将我缩小到和你们一样大小，并且在我的身上赋予生命所必需的血液，假如真能做到，我是多么感激你们——但是这是做不到的呀。

　　"因此，我认为，真正能拯救你们的还是你们自己。而我的存在，只能说明你们的不幸。"说完了最后的话，那尊塑像忽然像一座大山一样崩塌了。

阅读感悟：

　　诗人艾青借塑像之口，揭示了"偶像"的真相。在不同的时代，人们创造偶像，或是因为"缺乏自信"，或是为了借以欺骗"更软弱的那些人"。"偶像"往往充满了虚伪和对他人的欺骗、愚弄。文中的许多句子都像警句一样，蕴含着智慧，值得我们反复体会。

神奇的字

　　文字是人类的一大发明。据说在古老的中国,仓颉在创造汉字的时候,天上下起了粮食(粟),夜晚传来鬼的哭声。文字真是一种神奇而美妙的东西!本单元所选的,都是与文字有关的童话故事和诗歌。

三个惹祸的汉字

汤素兰 / 著

导读：
看了标题，你是否想知道：惹祸的是哪三个汉字？它们又惹了什么祸呢？

最近，牛博士教大家认汉字、写汉字、说汉语，还教大家用汉字造句、写作文。

"汉字是世界上最古老的文字之一。"牛博士说，"大家学好汉语，将来能到美丽的中国去看神奇的长城和兵马俑。"

大家对中国充满了向往，学习汉字的热情很高。

牛博士从最简单的汉字开始教起。经过半个月的努力，学生们很快认识了不少汉字，就连笨狼也认识了"人""大""太"这三个字，还知道了它们不同的意义。

因为笨狼天天带着识字卡片在家里认字，笨狼爸爸和笨狼妈妈也认识了这些汉字。

牛博士告诉学生们:"人",就是人人,每一个人的意思。"大",是大小的大,大人的大也是这个字。"太",是太阳的太,太太的太也是这个字。

牛博士一笔一画教学生们写这几个汉字,一层一层地讲解这几个字的意思的时候,他做梦也没想到,这几个汉字会惹出麻烦来,会被全森林镇的太太们痛恨,害得他差点儿丢了工作,重新回到遥远的山谷里,成为一头孤独的老牛。

事情最初是由笨狼家引起的。

笨狼妈妈像所有的妈妈一样,在家里做家务,整理房间,打扫卫生。笨狼和笨狼爸爸像所有的儿子和爸爸一样,一回到家,他们的职责似乎就是乱丢臭袜子,乱扔东西,把笨狼妈妈叠好的衣服翻得乱七八糟,报纸杂志东丢一本西丢一张……笨狼妈妈"是可忍,孰不可忍"。终于有一天,她一只手拎着从沙发底下找出来的五只臭袜子(其中两只是笨狼爸爸的,三只是笨狼的,全都不配对),一只手指着笨狼和笨狼爸爸,说:"我再也不给你们当保姆了,我要求从今往后,家务共同承担!搞好家庭卫生,人人有责!"

笨狼和笨狼爸爸仔细反省,觉得笨狼妈妈说得没错,搞好家庭卫生,礁实人人有责。

笨狼刚好新学了汉字.知道人人有责这几个字怎么写。于是,他自告奋勇,把"搞好家庭卫生,人人有责"这十个字用铅笔写好,贴在客厅里最显眼的位置,提醒全家每个人都应该投身到搞好家庭卫生的活动中来。

笨狼家每周四大扫除。周四森林学校只上半天课，下午笨狼回到家里，就可以帮助妈妈打扫卫生。

周四下午对于小动物们来说，也是个不可多得的玩游戏、踢球的好机会。当然，对小孩子来说，哪怕让他们每天玩，他们也会觉得玩的时间太少。最近学校组织了一支足球队，由鹅太太亲自担任教练，每个星期四下午在学校的运动场训练。

上午放学，鹅太太说："愿意踢球的同学，下午都来学校练球！"

笨狼愿意踢球，但是，他下午不能来学校，因为他得在家里帮助妈妈搞卫生。为这事，笨狼愁眉苦脸。

聪明兔看到笨狼满脸不高兴，问他："怎么了？笨狼，要我帮忙吗？"

"你帮不了我，你下午也要踢球。"笨狼说。

"什么事？你说出来，说不定我能想出办法来呢！"聪明兔陪笨狼坐在学校的足球场上，靠着球门。

"我下午要帮妈妈搞大扫除。"笨狼说。

"大扫除是大人的事，你不搞也没关系，我在家里就从不帮妈妈搞大扫除。"聪明兔说。

笨狼告诉他："我以前也从不帮妈妈搞大扫除。可是从上周起，我答应妈妈帮她搞大扫除了。我还写了一张标语贴在全家人都看得到的地方：'搞好家庭卫生，人人有责！'我总不能自己说过的话不算数吧！"

聪明兔听了，嘿嘿嘿笑起来："我有办法了！你跟我来！"

聪明兔回到教室，找出纸和笔，飞快地在纸上写下"搞好家庭卫生，大人有责"几个字。他对笨狼说："笨狼，你快回去，在前面那个人字上加一横，不就变成'大人'有责了吗？打扫卫生就跟你没关系了！"

笨狼马上跑回家，悄悄把标语改了。

笨狼吃过午饭便往学校赶。爸爸妈妈拦住他："笨狼，你今天不能出去，你得在家里搞卫生。"

笨狼指着墙上贴的标语，说："这里明明写着'大人'有责，可没说我啊！"

爸爸和妈妈你看看我，我看看你。他们明明记得这里原来是写着"人人有责"的，什么时候变成"大人"有责了？

"哦，也许是我们弄错了，开始写的就是'大人'有责吧？"笨狼妈妈拿不定主意。

这时，聪明兔在窗外叫笨狼快去踢球，笨狼爸爸便说："大人就大人吧，你快去，你的朋友们在等你呢！"

就这样，星期四下午，笨狼痛痛快快地踢了一个下午足球。

第二个星期四下午，笨狼依然出来踢球。在门廊下，笨狼看见爸爸正在叹气，聪明兔爸爸站在围墙外面朝笨狼爸爸招手，旁边停着一辆越野车，车上站着浣熊先生、黄狐先生、警犬阿黄和胖棕熊，他们都是到郊外去钓鱼的。笨狼爸爸很想去，但他已经答应笨狼妈妈要在家里搞大扫除。

"唉，我真想跟他们去啊！"笨狼爸爸羡慕地说，"可惜我得在家里搞卫生。'搞好家庭卫生，大人有责'，客厅里的标语就是这样写的。"

笨狼听了爸爸的话，稍稍想了想，一个聪明的主意就冒出来了。他悄悄地把主意对爸爸说了，爸爸立刻眉开眼笑。笨狼爸爸对聪明兔爸爸说："你们等着我，我马上就来。"

笨狼妈妈看见笨狼爸爸带着全副外出游玩的行装走下楼梯，大吃一惊："你上哪儿去？你今天不是要在家搞大扫除的吗？"

"搞大扫除？你没弄错吧？"笨狼爸爸把笨狼妈妈领到贴在墙上的标语前，"我的好太太，你可看清楚了，这里明明写着：'搞好家庭卫生，太太有责！'不关我的事！"

笨狼妈妈睁大眼睛仔细看，没错，那儿确实是写着"太太"两个字！

"明明是'大人'嘛，什么时候变成'太太'了呢？"笨狼妈妈自言自语，"难道是我自己弄错了？"

很快，森林镇许多人家都发生了同样的事情。聪明兔太太、黑羊太太和胖棕熊太太可不像笨狼妈妈那么糊涂，她们精明着呢，一看就知道是怎么回事。

问题出在汉字上，而汉字是牛博士教的。镇上的太太联合起来，闹到了学校。她们一致认为是牛博士在教唆孩子们不诚实，用诡计耍弄自己的父母，尤其是耍弄自己的母亲，简直无法无天。

"牛博士教唆孩子们不尊重自己的父母。他不配在森林镇教书，快把他赶走！"妈妈们凶巴巴地说。

妈妈们还打着横幅，在街头游行，横幅上写着："把邪恶的牛博士赶出森林镇！""把纯洁的孩子从牛魔王手中解救出来！"

牛博士吓坏了，只知道呜呜呜地哭。

鹅太太平时虽然伶牙俐齿，但一大群同样伶牙俐齿的妈妈围攻她，也让她难以招架，不知如何是好。于是，她让眼镜蛇小姐出面来处理。眼镜蛇小姐本来就不怎么喜欢牛博士，正想趁这个机会把他赶走，她故意说："那个老牛，别看外表老实，其实一肚子坏水呢！"

笨狼说，这主意是他自己想出来的，不关牛博士的事。但谁也不相信笨狼。大家都说："这样的点子，笨狼怎么想得出来呢？笨狼如果能想出这么聪明的点子，就不是笨狼了！"

笨狼觉得非常委屈。他说："这主意确实是我想出来的，但是聪明兔也帮了一点点忙。"

笨狼妈妈看到儿子那么委屈，很是不平。笨狼妈妈说："我儿子虽然平时笨一点，但也有聪明的时候。你们聪明人难道就没有笨的时候？你们聪明九回，说不定也会笨一回呢！我们家笨狼笨九回，难道就不能聪明一回？"

鹅太太弄清了事情的原委，知道是笨狼和聪明兔的主意，于是罚笨狼和聪明兔给镇上每户人家打扫一次卫生！

阅读感悟：

　　这篇选自汤素兰《笨狼的学校生活》中的故事，让你笑出声了吗？从"人人有责"，到"大人有责"，再到"太太有责"，人、大、太三个字惹了祸，差点让教汉字的牛博士丢了工作。在好玩的故事后面，有浓浓的家庭生活情味，你从故事里，看到自己爸爸妈妈的影子了吗？

我捕捉古老又年轻的文字

金 波 / 著

导读：
　　诗人为什么要"捕捉"文字？为什么说文字是"古老又年轻"的？你从这首诗里，会联想到什么？

　　我看见古旧的墙上，
　　有斑驳如画的字，
　　随着岁月风云，
　　在眼前跳动、飞翔。

　　那些字，还原成象形，
　　如日、如月、如鸟、如马，
　　都是神秘的图画。
　　镌在石头上的，在舞蹈，
　　铸在铜鼎上的，在呼号，

写在竹简上的，唱着歌谣。

一个个如画的字，
不惧饕餮，乘着风云，
流动成精美的花纹。
从蛰伏到飞动，
展现历史沧桑，
复活古老传说。

我捕捉古老又年轻的文字，
不断地排列、组合，
编织成故事、诗与歌，
每一个字都是智慧的花朵。

阅读感悟：

　　饕餮（tāotiè）是传说中一种凶恶贪吃的野兽，古代的青铜器上，常用它的头部形状做装饰，来象征威严。读了这首诗，我们仿佛看到古墙上、石头上、铜鼎上、竹简上的汉字精灵，一个个都被唤醒了、复活了。诗人用这些古老的文字，谱写着新的诗篇，于是，每一个字都成为"智慧的花朵"。你想要"捕捉"汉字，写成诗文，让它们变成"智慧的花朵"吗？

不学写字有坏处

方素珍 / 著

导读：
看了这样的标题，我们通常会觉得，作者要向我们讲大道理了。可是，这首诗并不这样。看，小虫和蚂蚁登场了！

小虫写信给蚂蚁
他在叶子上
咬了三个洞
表示我想你

蚂蚁收到他的信
也在叶子上
咬了三个洞
表示看不懂

小虫不知道蚂蚁的意思
蚂蚁不知道小虫的想念
怎么办呢?

阅读感悟：
　　小虫和蚂蚁互相写信，却只会咬洞洞，谁也不懂对方要讲什么。怎么办呢？学会写字不就好了吗！

羔

李德民 / 著

导读：
　　你看到"羔"这个字，会想到什么呢？在熟悉乡村生活的诗人李德民老师眼里，一只小羊羔蹦蹦跳跳地跑来了……

　　看到这个字
　　我就想到了我家的小羊羔
　　它好动得就像一个孩子
　　一会儿在院子里跑来跑去
　　惊飞那些鸡鸭
　　一会儿又溜到大门外撒欢
　　你看这个字下面的四点
　　就是它不肯停息的
　　四只小小的蹄子

看到这个字

我就想起了我家的小羊羔

饿了,它就抬头冲人叫着

蹲下来,我递过去一大把青草

它摇着尾巴大口吃着

吃完了,又叫几声

好像夸奖青草的味道

呵呵,它还会舔舔我的手心呢

站起来,我离开

它却在我身后跟着

咦,难道它还没有吃饱

我把这个字

写在稿纸的方格里

就像黄昏时分

我把羊羔唤进羊圈

白天快要结束

小羊羔,好好睡觉吧

你看这个字下面的四点

就是它趴着时露出的

四只小小的蹄子

阅读感悟：

"我"喜爱小羊羔吗？从哪里可以看得出来呢？这首诗从一个"羔"字展开联想，描绘了"我"家小羊羔的生活，以及"我"与小羊羔相处的情景。诗人在诗中两次写到"羔"下的四点像小羊羔的"四只小小的蹄子"，让我们更加喜欢"羔"这个汉字了。

后　记

　　这套书，从着手编选、点评，到终于出版，十年过去了。

　　2008年春，我在《小学生作文选刊》杂志任执行主编，发起了一场主题为"幸福阅读，快乐作文"的全国优秀儿童文学作家河南校园行系列活动。曹文轩先生是活动邀请的首位作家。

　　活动间隙，散步在郑州外国语中学蔷薇花盛开的围墙边，曹先生提议我来协助他，为小学生编选一套语文读本。我们希望借由这套书，让孩子们通过阅读经典的、格调优美、语言纯正的作品，形成优美的语感，培养美好的情操，领悟阅读与作文的有效方法，能够运用优雅得体的语言进行交流和表达。

　　编写体例确定后，我们邀请了特级教师岳乃红、诗人丁云两位老师参与。我们认真工作，这套书稿在2010年基本完工。期间，曹先生多次对书稿进行审阅，并提出修改意见。曹先生教学、写作、社会活动任务异常繁重，但却总保持着波澜不惊的淡定与从容，总是面带微笑，谦和、儒雅而亲切。先生细心审阅书稿，并热心介绍出版社，十分关心这套书的出版。

2012年春，我的工作起了变化。我辞去编辑工作，创办了语文私塾——文心书馆，陪小学生学习汉字、读书和作文。我将这套书中的选文与孩子们分享，并邀请几位语文教师把部分篇目引入课堂，不断对书稿进行加工和完善。几年又过去了，它渐渐成了今天的样子。

古人有"十年磨一剑"的诗句，我们虽然有足够的热情和定力，想要把这套书编好，却丝毫不敢自夸它已经足够完美。这套书就要出版了，首先要衷心地感谢曹文轩先生的编写提议与全程指导，感谢每一位原作者、译者为读者奉献了如此优秀的作品，感谢曾参与这套书编选的每一位老师。

在编选这套书的过程中，我们得到了许多作家师友的热情帮助。蒙作者慨允，书中大部分作品都已获得出版授权。部分作者因无法取得联系，稿酬已委托中国文字著作权协会转付，敬请相关著作权人与之联系。电话：010-65978917；传真：010-65978926；E-mail: wenzhuxie@126.com，也可发送邮件至sjygbook@163.com，以便我们及时奉上稿酬及样书。

希望这套书能够赢得全国小学生读者的喜欢！

袁 勇

2018年5月15日于文心书馆